솜싸이공

할머니 사총사

송싸이공 할머니 사총사

서해문집 청소년문학 032

초판 1쇄 발행 2024년 7월 5일

지은이   이란주
펴낸이   이영선
책임편집   이현정

편집   이일규 김선정 김문정 김종훈 이민재 이현정
디자인   김회량 위수연
독자본부   김일신 손미경 정혜영 김연수 김민수 박정래 김인환

펴낸곳 서해문집 | 출판등록 1989년 3월 16일(제406-2005-000047호)
주소 경기도 파주시 광인사길 217(파주출판도시)
전화 (031)955-7470 | 팩스 (031)955-7469
홈페이지 www.booksea.co.kr | 이메일 shmj21@hanmail.net

ⓒ이란주, 2024
ISBN 979-11-92988-75-7 43810

서해문집
청소년문학
032

송싸이공 할머니 사총사

할머니 사총사

이란주 장편소설

서해문집

| 차례 |

1

2

송싸이공

나른하고 무거운 눈꺼풀이 스르륵 내려오던 순간이었다.

"언니, 언니, 언니, 빨리 나와 봐!"

보라가 현관문 쪽에서 다급하게 나를 불렀다. 나는 졸음에서 깨어날 겨를도 없이 슬리퍼를 꿰어 신었다. 미처 달아나지 못한 졸음이 속에서 몸서리쳤다. 보라의 재촉에 뛰듯이 걸어 가게 앞에 도착했다. 이미 여러 사람이 모여 있었다. 무리 사이로 끼어드니 보라가 눈짓으로 타오 할머니를 가리켰다.

타오 할머니가 마치 랩을 하듯 말하고 있다. 할머니는 항상 그렇게 말한다. 조사가 생략된 문장은 짧고 리듬감 있다. 타오 할머니가 짧은 문장 하나를 끝낼 때마다 우리 할머니가 도마에 칼을 땅! 내리쳤다. 돼지족발을 자르는 소리다. 늘 듣던 소리가 지금은 랩에 찰떡같이 어울리는 비트로 들린다.

조사 왜 나와요?

나도 먹고살아야지.

나 좀 도와줘야지.

닭 팔아야 돈 남지.

봐요. 봐요. 깨끗해.

냄새 안 나.

왜 신고해?

베트남 사람 닭 죽어 안 좋아요.

요리해 팔아 그냥 팔아 똑같아.

뭐가 달라요?

하소연 사이사이 땅! 땅! 경쾌한 도마질 소리. 피식 웃음이 나왔다. 두 할머니가 연습이라도 한 거야? 아주 박자가 딱딱 맞네. 낯선 얼굴 둘이 곤란하다는 표정으로 그 하소연을 감당하고 있었다.

송싸이공 타오 할머니는 주문이 들어올 때마다 뒷마당 창고에 가둬 둔 닭을 잡아서 팔았다. 주변 상인들이 냄새 난다, 닭 잡는 소리 듣기 싫다 눈살을 찌푸렸지만 모른 척했다. 맞은편 닭강정집에서는 몇 번이나 따지러 오기도 했다.

"닭 좀 그만 잡아. 나처럼 공장에서 잡은 닭 받아서 팔면 되잖아."

타오 할머니는 그 앞에서만 알았어 알았어 할 뿐, 닭 잡기를 포기할 생각은 없었다. 베트남 사람들은 마트나 닭집에서 파는 죽은 닭은 좋아하지 않는다. 눈앞에서 잡은 토종닭을 최고로 쳤다. 전에는 할머니가 닭을 잡아 직접 요리해서 팔았으니 문제없었지만 지금처럼 생닭을 판매하는 것은 안 된다고 했다. 누군가 시청에 민원을 넣었는지 위생과에서 점검을 나온 것이다.

"저기요. 그거 좀 이따 하세요!"

공무원 중 하나가 우리 할머니를 향해 말했다. 그러나 칼질에 집중한 할머니는 주변을 살피지 못했다.

"저 할머니 한국말 모를걸요?"

무리 가운데서 누군가 대꾸했다. 나는 할머니에게 가만히 다가가서 칼질을 멈추게 했다.

암튼! 시청 사람 중 하나가 눈에 힘을 주고 팔을 휘휘 저으며 말했다.

"안 돼요. 사장님. 안 된다고요. 닭을 도축해서 팔고 싶으면 따로 허가를 받아야 해요. 한국 법이 그래요."

제대로 알아듣지 못했을까 봐 같은 말을 몇 번이나 되풀이하고 그 사람들이 돌아갔다. 타오 할머니가 우두커니 그쪽을 바라보며 중얼거렸다.

"토종닭 못 팔면 큰일인데….."

먹고사는 일에 진심인 타오 할머니에게 큰 시련이 왔지만, 아랑곳없는 관객들은 시시한 결말을 아쉬워하며 금세 흩어졌다. 나는 목구멍을 간지럽히는 웃음을 참고 보라의 등을 밀며 집으로 돌아왔다.

"호호호. 할머니들 넘 웃기지 않냐?"

"뭐가 웃겨? 창피해 죽겠는데."

보라는 야무지게 쥔 주먹을 나에게 겨누며 입을 씰룩였다. 뭐. 뭐. 난 웃긴데? 메롱. 나는 혀를 날름해서 한 번 더 약 올리고 잽싸게 화장실로 숨었다. 사실은 나도 걱정이다. 한국에 살면서도 할머니들은 베트남 방식 그대로 하려고 한다. 한국에서는 한국 법! 그걸 모른다.

아빠가 회사에서 큰 사고를 당했다. 허리를 다쳐 병원에 누워 지낸 지 벌써 몇 달째다. 아빠 간병하느라 엄마까지 회사를 그만뒀다. 간병비가 너무 비싸 차라리 엄마가 간병하는 게 낫다는 이유였다. 덕분에 우리 삼 남매를 돌보며 살림만 하던 할머니가 생활 전선에 나서게 됐다. 심심할 때 송싸이공에 놀러나 다녔지, 한국에서 장사라니! 생각도 안 했던 일이다.

"언니, 쌀국수 팔아 볼래요? 그 솜씨 썩히지 말고 장사합시다."

타오 할머니의 제안을 받고 우리 할머니는 눈이 번쩍 떠졌다고 했다. 아빠가 산재보험에서 월급 대신 얼마를 받는다지만 살림은 무척 쪼들렸단다. 할머니가 양파 까기 같은 알바를 해서 버는 돈은 그저 과자값 정도라고 했다.

음식 장사라니, 그거 참 좋은 생각이다. 우리 할머니는 음식 솜씨가 남다르다. 어릴 때부터 쌀국수 노점을 했고 베트남에서 동네 잔치가 있을 때마다 음식을 도맡아 했다. 한국에 와서도 식당에서 한번 먹어 본 음식은 거의 비슷하게 만들었다. 아빠가 곁에서 양념만 구분해 주면 닭볶음탕이나 돼지두루치기쯤은 뚝딱 해 냈다.

송싸이공은 베트남 식재료와 음식을 파는 가게다. 경기도 단군시 변두리에 있는 단군시장에 자리 잡고 있다. 단군시장이 있는 이 동네는, 남쪽으론 크고 작은 공장이 들어선 단군공단을 디디고 북쪽으론 수십 년 전에 들어선 거대한 신도시를 이고 있다. 신도시가 커지면서 주변 또한 착착 개발돼 지금은 동네 바로 건너편에도 20층짜리 아파트가 서 있다. 이 동네 역시 재개발해서 아파트를 짓는다고 내가 태어나기도 전부터 들썩였다는데, 이익을 다투는 이들 사이의 갈등과 소송으로 20년가량을 아무 변화 없이 보내고 있다.

언제 재개발이 시작될지 모르니 누구도 낡은 집을 고치지 않았다. 페인트칠을 새로 하는 집이 하나도 없었다. 본래 색을 기억하지 못하는 회색빛 건물들은 서로 벽을 의지하고 서서 여름과 겨울을 보내고, 또 여름과 겨울을 보낸다. 그런 동네에 사람들이 산다. 싼 집세 덕분에 넉넉하지 않은 사람들이 주로 모여 있다. 한국인은 물론이고, 베트남 사람을 비롯해 여러 나라에서 온 사람들이다.

단군시장은 100미터쯤 되는 긴 골목 시장이다. 골목을 사이에 두고 양쪽으로 채소, 과일, 고기, 생선, 반찬, 빵을 파는 가게들과 쌀이나 떡, 고추를 빻고 기름을 짜는 방앗간, 횟집과 순댓국집 같은 식당들이 오밀조밀 모여 있다. 내가 초등학교 다닐 때는 시장 안에 베트남 가게가 송싸이공 하나뿐이었지만, 지금은 다양한 업종의 가게가 열 개도 넘는다.

송싸이공은 사람들의 잰걸음과 자전거, 오토바이가 바쁘게 오가는 시장 길목 모퉁이에 있다. 타오 할머니가 송싸이공을 처음 시작할 때는 식당도 같이 했지만, 할머니 건강이 나빠지며 일을 줄여 식재료만 팔게 됐다. 주방 시설과 탁자가 그대로 있으니 우리 할머니는 별 준비 없이 바로 식당을 시작할 수 있었다.

가게는 이른 새벽에 연다. 아침에 출근하는 사람들에게 국수를 팔기 위해서다. 원래 베트남에서는 다 그런다. 날씨가 더워서 새벽에 출근하고 학교에 가느라 아침 시간이 매우 바쁘다. 사람들은 아침 끼니를 거리 식당에서 사 먹는다. 그런 사람들이 우리 손님이었다.

송싸이공을 끼고 돌면 골목 첫 집이 우리 집이다. 여름 방학을 코앞에 둔 어느 새벽, 할머니의 육수 냄새가 단군시장을 깨우기 시작했다. 새벽 공기를 가르는 할머니와 엄마의 목소리를 들으며 나는 잠을 털어 냈다. 병원에 있는 아빠 곁에서 잠을 잔 엄마가 첫 장사를 도우러 온 것이다. 나도 후다닥 장사를 도우러 나갔다. 보라도 곧 따라 나왔다.

할머니는 물에 불렸다가 살짝 데친 쌀국수 면에 밤새 곤 따끈하고 진한 육수를 더했다. 그 위에 데친 고기, 다진 고수와 쪽파를 얹었다. 생숙주는 원하는 만큼 넣으라고 바구니에 따로 담아냈다. 얇게 저며 식초에 절인 마늘, 고추 양념을 넣으면 그야말로 끝내주는 쌀국수가 된다.

보라와 나는 자전거와 오토바이를 타고 시장을 오가는 베트남 사람들에게 가게를 알렸다. 안 퍼 어 송싸이공(송싸이공에서 쌀국수 드세요), 안 퍼 어 송싸이공. 보라도 나를 따라 하며 샐쭉 웃었다. 도무지 알아들을 수 없는 보라의 베트남어를 들으며 베트남 사람들 얼굴에 미소가 번졌다.

며칠 지나니 홍보가 필요 없을 만큼 손님이 많아졌다. 손님들은 자리가 없으면 서서 먹기도 하고 포장해서 가져가기도 했다. 할머니는 포장 손님에게 베트남에서처럼 비닐봉지에 넣어 고무줄로 꽁꽁 묶어 주면 된다고 했지만 내 생각은 달랐다. 포장 용기를 따로 사려면 돈이 더 들겠지만 한국식으로 해야 한국인 손님들도 온다.

나는 보라와 함께 다른 식당을 엿봐서 적당한 용기를 찾아냈다. 그리고 엄마에게 여름 방학이 시작되면 나오지 말라 하고 새벽 장사를 도왔다. 아침잠 많은 보라는 일어나기 힘들어했지만 뒤늦게라도 꼭 따라 나왔다. 장사가 재미있다고 했다.

손님들은 식재료 사러 와서 쌀국수를 포장해 가기도 했고, 쌀국수 먹으러 왔다가 식재료까지 사 가지고 갔다. 서로 좋은 일이었다. 타오 할머니는 우리 집 사정을 봐주느라 식당 임대료를 받지 않았다. 심지어 쌀국수 장사를 도와주기도 했다. 우리 할머니도 식재료 장사를 도와 진열이나 판매, 청소를 같이 했다. 간혹 혼자 가게를 볼 때 한국인 손님이 오면 전화로 통역을 해서라도 물건을 팔아 줬다.

나중에 프엉 할머니도 송싸이공에서 반미를 팔기 시작했다. 길쭉한 빵에 소를 채워 만든 베트남 샌드위치는 인기가 좋았다. 마침내 송싸이공은 식재료와 쌀국수와 반미가 뭉친 천하무적 베트남 가게가 됐다.

송싸이공에 오는 손님들은 대부분 근처에 살며 직장에 다니는 베트남 사람들이다. 송싸이공은 작은 베트남이나 마찬가지다. 아침에는 출근하거나 밤샘 작업을 마친 사람들이 와서 끼니를 해결했고, 낮에는 아기를 가져 배가 부르거나 어린아이를 안은 젊은 엄마들이 와서 식재료를 사고 할머니들에게 조리법을 배워 갔다. 저녁에는 퇴근하는 사람들이 와글와글 모여 소식을 나누고 음식과 반찬거리를 사 갔다. 손님이 별로 없어 썰렁하다 싶을 정도인 단군 시장에서 송싸이공은 저 혼자 바빴다.

시장에서 떠들썩하게 새벽 장사를 하는 가게도 송싸이공밖에 없었다. 식당에 고기를 납품하는 정육점 아저씨와 새벽잠 없는 과일 가게 할아버지는 문을 열고 조용하게 하루를 시작했다. 하지만 우리 가게는 달랐다. 우렁찬 할머니들 목소리에 손님들 활기가 더해지며 보이지 않는 어떤 힘이 솟아나는 것 같았다. 송싸이공 안에서 찰랑찰랑하던 베트남 말이 날개를 달고 날아다니며 시장 골목을 흥겹게 채웠다.

우리 할머니는 베트남 사람 중 드물게 키 크고 덩치도 좋았다. 말수는 적지만 목소리는 컸다. 위엄 있고 힘차다. '위풍당당'이라는 단어를 처음 알게 됐을 때 내 머리에 퍼뜩 떠오른 사람이 바로 우리 할머니였다. 원래 오지랖 넓고 목소리 큰 타오 할머니가 우리 할머니와 합체하면서 더욱 힘이 강해졌다.

모두가 그것을 좋게 보는 건 아니었다. 주변 한국인 상인들 중에는 아침부터 너무 시끄럽다고 싫은 소리를 하는 이가 있었다. 자전거와 오토바이 여러 대가 가게 앞에 멈춰 서 있으면 길을 막는다고 꾸중했다.

할머니들은 아랑곳없이 큰 목소리로 장사를 했다. 우리 손님이 길을 막지는 않았을까, 자전거와 오토바이 때문에 복잡하지 않을까, 내 걱정만 점점 늘어 갔다. 사소하고 불편한 말을 말하기 편한 나를 통해 전달하려 드는 한국인 이웃들 때문이었다. 껄끄러운 말을 다 모아 뒀다가 학교에서 돌아오는 나를 붙잡고 쏟아 내는 사람들이 야속했다.

육아의 달인

프엉 할머니는 막내딸인 히엔 이모를 도우러 한국에 왔다. 아들 둘이 낳은 손주 넷을 다 키워 줬으니 그야말로 육아의 달인이었다. 히엔 이모는 진희와 연희를 키우며 허덕이다 막 오빠네 아이들 육아에서 벗어난 엄마를 초청했다. 히엔 이모가 취직한 뒤로는 살림과 육아가 온통 할머니 차지가 됐다.

그런 프엉 할머니가 예상치 못했던 문제에 부닥쳤다. 히엔 이모의 남편, 즉 사위가 냄새에 매우 예민하고 까다로운 사람이라는 것이었다.

"어제도 난리가 났었어. 사위가 밤늦게 들어와서는 내가 만들어 놓은 육수 냄비를 밖으로 던져버렸다니까!"

"저런, 저런! 왜 또 그랬대요?"

"냄새 나서 싫다는 거지. 저 때문에 냄새 안 나게 하려고 얼마나 신경 썼는데, 그래도 그 난리를 치네."

"냄새 나면 저나 안 먹으면 될 일이지 왜 냄비를 던져?"

"그러게 말이야. 문 열고 들어오면서 냄새 난다고 소리부터 질러. 더 큰 소리 날까 봐 무서워서 히엔이 냄비를 문밖에 내놓으려고 들고 나가는데 그걸 뺏어서 내동댕이치더라고. 내 그놈을 그냥!"

프엉 할머니와 사위가 벌이는 실랑이는 꽤나 유명했다. 평소 순해 보이는 사위는 간혹 예민해지면 난폭한 모습을 보였다. 특히 베트남 음식 냄새를 싫어했다. 집에서 하지도 먹지도 말란다. 히엔 이모나 아이들은 한국 음식을 주로 먹으니까 별문제 없는데 프엉 할머니는 달랐다. 한국 음식은 목구멍으로 넘어가지 않았다. 없을 때 몰래 먹고 창문을 열어 놔도 저녁에 들어와서 귀신같이 냄새를 맡고 한 소리 하는 사위였다. 할머니는 한국 음식을 좋아하지 않아도 냄새 정도는 참아 줄 수 있는데 사위는 냄새도 못 견딘다고 했다.

나는 송싸이공에 앉아 사탕수수주스를 마시며 채소를 다듬는 세 할머니의 수다를 들었다. 어젯밤에 들려오던 소란이 저거였구나.

진희 아빠를 생각해 봤다. 냄새에 예민해서 송싸이공에는 절대 안 들어오는 아저씨. 처음에는 베트남에서 모셔 온 장모님에게 깍듯했지만 갈수록 못되게 구는 사람. 얼마 전 회사를 그만두고 집에 있는 시간이 많아 할머니가 딸이나 손녀들 없는 낮에는 집에 못 들어가게 만든 사람. 대체 왜 저러고 사는 걸까.

내가 생각에 빠진 사이 송싸이공에 채소가 또 들어왔다. 생선 비린내를 잡아 주는 '라우 티 라'라고 했다. 전에는 한국에서 베트남 채소를 구하기 힘들었다는데, 지금은 농촌으로 시집간 베트남 여성들이 채소를 재배해서 팔고 있다. 자기 이름으로 회사까지 만들었는지 박스에 베트남 글자로 농장 이름이 쓰여 있다. 그 채소를 송싸이공 같은 베트남 가게에서 받아 베트남 사람들에게 판다. 한국에 살고 있는 베트남 사람끼리 연결된 새로운 동그라미가 만들어진 셈이다.

할머니들은 분주히 박스를 뜯고 채소를 꺼내 손질하고 분량대로 나눠 포장했다. 채소는 저녁에 퇴근해서 집으로 돌아가는 베트남 사람들 손에 들려 가 밥상에 오를 것이다. 진희 아빠 같은 사람들은 그 냄새도 맡기 싫겠지.

진희 아빠는 동그라미 귀퉁이에 잘못 끼워진 네모 조각 같았다. 도무지 어울리지를 못했다. 히엔 이모가 빨리 돈 모아서 이사 가자고, 멀리 다른 동네로 가면 베트남 사람들 안 만나도 되지 않겠느냐고 남편을 달랬다. 하지만 이제 회사까지 그만뒀다니 그런 날이 언제 올까 모르겠다.

"마음 같아서는 네 새끼들 네가 알아서 키우라고 가버리고 싶다니까. 우리 히엔 고생하는 거 안타까워 참는 거지, 내가!"

"참아요. 언니가 참아. 집에서는 베트남 음식 하지 말고 여기서 먹읍시다. 그리고 언니도 여기서 반미 장사 해 보면 어때요? 저기 문 앞에 매대 하나 더 놓을 수 있을 것 같은데?"

타오 할머니가 프엉 할머니를 다독이며 제안했다. 집에 있는 시간을 줄여 사위와 덜 부딪히고, 빈둥거리는 사위 덕분에 형편없어진 살림에 한 푼이라도 보태라는 것이었다. 쌀국수를 함께 팔면서 송싸이공 매상이 부쩍 올랐다는 점도 타오 할머니는 계산했을 터였다.

프엉 할머니가 함께하며 송싸이공의 아침은 더 활기에 넘쳤다.

언니, 내가 숙주 씻어 놓은 거 어디다 치웠수?
거기 채소 냉장고로 옮겨 놨어. 찾아봐.
아이고 바쁘다. 오늘은 수아가 언제 나오려나?

프엉 할머니는 소곤소곤 말해도 될 것을 크게 말하고 작게 웃어도 될 일을 가게가 떠나갈 만큼 크게 웃었다. 무슨 일에도 빙긋 웃으면 그만이던 우리 할머니까지 프엉 할머니와 타오 할머니의 호탕한 웃음에 물들어 갔다. 나는 어린 시절을 보냈던 베트남으로 돌아간 것 같았다. 아침 일찍 잠에서 깬 어른들이 모여 이야기꽃을 피우던 베트남, 제단에 향을 피우고 기도하던 어른들. 그 냄새와 느낌이 고스란히 되살아났다.

송싸이공에서 빠떼 냄새가 퍼져 나왔다. 나는 냄새에 이끌려 가게로 갔다. 프엉 할머니는 돼지고기를 갈아 양념해 익힌 빠떼와 채소를 넣어 반미를 만든다. 베트남에서도 반미 장사를 했던지라 프엉 할머니의 반미는 모양도 근사하고 맛도 좋다.

프엉표 반미를 완성하는 데 나와 보라도 큰 몫을 했다. 처음에는 빵집에서 흔히 파는 바게트를 사다 반미를 만들었는데, 빵이 딱딱하고 질겨서 먹기가 힘들었다. 이걸 베트남 반미처럼 바삭하고 먹기 좋게 만들 수는 없을까? 엄마가 스치듯 한 말에 나는 더 자세히 알려 달라고 했다.

엄마는 먹어 본 지 오래돼서 생각이 잘 안 난다고 하면서도 빵 사이즈와 겉은 바삭하고 속은 부드러운 빵에 대해서 말해 줬다. 프엉 할머니에게 이야기를 전하니 할머니도 적당한 빵을 구하지 못해 아쉬웠다고 했다. 빵을 어떻게 해결하지? 내 말에 보라가 눈을 반짝였다.

"빵집에 물어보면 되지 않을까? 큰 빵집은 어려워도 시장에 있는 작은 빵집에 부탁하면 비슷하게 만들어 줄지도 모르잖아. 사장님이 직접 빵을 구우니까."

그럴듯한 말이었다. 보라와 나는 반미를 들고 빵집에 가서 아쉬운 점을 이야기하고 적당한 빵을 만들 수 있을지 상의했다. 빵집

아저씨는 너희들이 다 컸구나, 하더니 눈꼬리에 잔주름을 지으며 사람 좋게 말했다.

"내 비슷하게 만들어 볼 테니 내일 다시 와 봐라."

아저씨는 빵을 몇 번이나 새로 구워 가며 연구했다. 적당한 빵이 나왔을 때 프엉 할머니는 우리 손을 꼭 잡고 고마워했다. 우쭐해진 보라는 자기가 할머니들 매니저라고 여기저기에 자랑했다.

나는 학교에 반미를 가져가서 시식 행사를 벌였다. 친구들 중 베트남에 여행을 다녀온 애는 반미를 이미 알고 있었다.

우와, 이거 되게 유명한 거야. 나는 베트남에서 이것만 먹었어. 친구의 호들갑이 내 홍보 작전에 큰 도움이 됐다. 그 덕에 친구들 여럿이 송싸이공으로 반미를 사러 왔다. 보라는 한국 사람들이 베트남 음식을 좋아할까, 몹쓸 의문을 품더니 어느덧 반미로 자기 인기 관리를 하기에 이르렀다. 그러면서 송싸이공과 송싸이공의 인물들에 대한 관심이 깊어졌다.

"송싸이공이 무슨 뜻이야?"

"일찍도 물어보네. 갑자기 왜 궁금해?"

"친구들이 물어보더라고. 내가 반미 사러 오라고 했거든."

"사이공강이라는 뜻이야. 한강처럼. 베트남에 있는 강. 타오 할머니 고향이래."

"그래서 송싸이공에 가면 '사이공 어이, 사이공 어이' 하는 노래가 자주 들리는 거구나?"

"오구오구, 그 노래가 귀에 들렸어? 우리 보라 대단해!"

'사이공 어이'는 '사이공아' 하고 부르는 말이다. 타오 할머니가 자주 듣는 〈사이공 뎁 람〉의 한 구절이다. '아름다운 사이공'이라는 의미인데, 할머니 어릴 때 유행했던 노래라고 했다.

한국말을 모르는 할머니가 아빠와 보라, 은규와 대화할 때는 항상 나를 거쳐야 한다. 내가 할머니의 입이고 귀다. 지금 엄마는 아빠 병원에 붙어 지내느라 집에 없지만, 그 전에도 밤늦도록 일하느라 집에서는 거의 잠만 잤다. 야근 좀 그만하라고 아빠가 아무리 말려도 듣지 않았다. 젊어서 벌어야 한단다. 밤샘 일은 절대 안 된다는 아빠의 으름장이 먹히는 게 그나마 다행이었다. 할머니 역시 그런 엄마가 딱하고 못마땅했지만 말리지는 못했다. 하지만 그것도 이미 다 지난 일이다. 지금은 엄마도 아빠도 더 이상 일할 형편이 안 되니까. 삼 남매를 먹이고 입히는 역할은 할머니에게 넘어갔다. 덩달아 할머니 입 노릇을 하는 나도 바빠졌다.

애들아 일어나라.

아침 먹어라.

보라는 왜 밥을 그렇게 조금 먹냐. 더 먹어라.

은규 신발 꼴이 그게 뭐니. 아이고, 신발이 작아서 그렇구나. 새로 사야겠다.

보라와 은규는 할머니 입에서 나오는 말이 대부분 일어나라, 먹어라, 씻어라, 학교 가라 같은 말들이라 별로 중요하게 생각하지 않았다. 그저 말을 나르는 나만 바빴다. 나라고 해서 그런 말들을 중요하게 생각하는 건 아니지만, 알아듣지도 못하는 애들한테 계속 말을 하는 할머니가 딱해서 나는 죽어라 말을 옮겼다. 할머니 말을 직접 들으라고 동생들에게 베트남 말을 가르쳐 주기도 했는데 동생들은 건성으로 듣고 흘렸다.

한국 아기

나는 아기 때 베트남에 있는 할머니에게 보내졌다. 엄마가 내 친부라는 사람과 결혼한 지 2년 만에 헤어졌기 때문이다. 몇 년 전 주민센터에서 나에게 연락해 온 적이 있다. 아빠를 부양할 의사가 있느냐고 내게 물었다. 생계가 곤란해진 그 사람이 기초생활보장 생계급여 수급 신청을 해서, 부양할 사람이 진짜 없는지 확인하는 절차를 거치는 중이라고 했다. 엄마와 이혼한 것과 별개로 나와 부녀 관계가 유지되고 있기 때문에 나에게 물어보는 거란다.

아빠요? 저는 아빠 본 적도 없는데요. 어릴 때라 당황해서 나는 그런 대답밖에 못했다. 그 순간을 자주 되새김질했는데, 그때마다 나는 더 단호하고 매서운 대답을 생각해 내서 입으로 중얼거렸다. 지금 다시 같은 질문을 받는다면 이렇게 대답할 것이다. 아니요! 부녀 관계 아예 끊어버리게 해 주세요!

엄마는 내 친부에 대한 이야기를 안 한다. 주민센터 전화에 씩씩대는 나를 달래며 지난 이야기를 해 준 사람은 할머니였다. 스물두 살 때 한국 회사에 취업한 엄마가 한국에서 내 친부를 만나 연애해서 결혼했다고 한다. 그런데 내가 태어난 지 얼마 안 됐을 때부터 친부가 갑자기 게임에 빠져들더니 모든 일상이 무너졌다. 회사를 그만두고 며칠씩 집에 안 들어왔고 어쩌다 집에 올 때는 몸을 가누지 못할 정도로 술에 취한 상태였다.

그러기를 반복하다 꽤 오래 집에 들어오지 않았다. 집과 회사 주변으로 찾아다녔지만 소용없었다. 실종 신고를 하라고 이웃들이 충고했다. 마지막으로 한 번만 더 찾아보자 마음먹은 엄마는 인근 게임장을 다 뒤졌다. 그러다 집에서 상당히 먼 전철역 앞 게임장에서 오락기와 한 몸이 되다시피 한 그 사람을 찾아냈다. 그 사람 눈에 광기가 어려 있었다. 뭣 하러 왔느냐고, 고함치며 밀쳐 내는 바람에 엄마는 오락실 바닥을 나뒹굴고 말았다.

이제 어떻게 사나, 우리 수아를 어떻게 키우나, 베트남으로 돌아갈까. 자책하며 울다가 까무룩 잠이 든 엄마를 깨운 건 내 울음소리였다. 힘없고 배고픈 울음소리. 젖을 달라고 입을 오물거리는 나를 보니 엄마는 다시 울음이 솟았다. 동시에 마음속 깊은 곳에서 단단한 심지 같은 것이 생겨났다. 어떻게든 수아를 키워야 한다. 내가 책임져야 한다. 나는 할 수 있다.

엄마는 나를 베트남에 데려가 할머니에게 맡기고 돌아와서 그 사람에게 이혼하자고 했다. 그 사람은 아무 대꾸나 변명도 없이 동의했다. 다 귀찮다는 표정으로 돌아서며 했던 말은, 돈 있으면 좀 주고 가, 그 한마디였다고. 나를 사랑한다거나 키워 보겠다는 생각 같은 건 아예 없었던 것 같다. 양육비를 주기는커녕 가끔 집으로 찾아와 5만 원만, 10만 원만 하며 엄마에게 돈을 뜯어 갔다. 전부터 그랬는데 몰랐어? 왜 결혼까지 해서 이렇게 애먹여? 이혼할 때 엄마가 시누이에게 들은 말은 위로가 아니라 그런 핀잔이었다.

그 사람 이름에서 '수', 엄마 이름에서 '아' 자를 따서 지었다는 내 이름 수아. 아무리 못났어도 네게 생명과 이름을 준 친부이니 알고는 있으라고 할머니가 말했다. 하지만 나는 그런 거 하나도 중요하지 않다. 차라리 몰랐으면 좋았을 것을.

할머니는 다행이라고 했다. 그 사람을 나라에서 돌본다니 얼마나 다행이냐, 엄마가 너를 잘 키우려고 저토록 열심히 살지 않니, 그 마음 알고 너도 잘 견뎌라. 할머니 목소리가 잠시 흔들렸다. 어떤 물결 같은 것이 내게로 와 닿는 느낌이었다. 살그머니 눈을 들어 살폈더니, 할머니는 평소처럼 기가 센 얼굴 그대로였다.

나는 베트남 남쪽 끝 까마우에 있는 외가에서 어린 시절을 보냈다. 외가는 옹독강 어귀에 자리한 마을에 있었다. 강기슭과 맞닿은 넓은 앞마당이 내 놀이터였다. 나는 그 마당에서 엄마가 보내 준 빨갛고 노란 소꿉놀이 장난감에 흙과 풀을 담았고, 붕붕카와 세발

자전거를 탔다. 마당 가장자리에 무리 지어 선 코코넛나무가 긴 그림자를 드리우는 시간에는 해먹에 몸을 걸치고 다리를 흔들며 노래를 불렀다.

무슨 노래를 했는지는 기억에 없는데 할머니는 내가 한국 노래를 불렀다고 했다. 한국말을 못 했는데 어떻게 한국 노래를 불렀냐고 따지자, 할머니가 요놈 보게 하는 표정으로 〈송아지〉〈나비야〉를 한 대목씩 웅얼거려 보였다. 엄마가 보낸 CD에 들어 있던 노래라고 했다. 내가 한국말을 배우게 하려고 늘 그 노래를 들려줬더란다. 나 대신 할머니가 노래를 외울 줄은 몰랐겠지.

강변을 따라 드물게 이어진 집들에는 대개 친척들이 살았다. 친척끼리 자주 모여 잔치도 하고 제사도 지냈다. 그중 내 또래가 열댓 명도 더 됐는데, 내 인기는 꽤 좋았다. 다 엄마가 보내 준 과자와 장난감 덕분이었다. 나는 욕심부리지 않고 과자를 나누고 장난감도 같이 가지고 놀았다고 한다.

친척들은 나를 앰배 한꾸옥(한국 아기)이라고 부르며 사랑해 줬다. 과자며 장난감은 어렴풋하지만 어른들에게 사랑받고 애들과 신나게 놀았던 일은 조금씩 기억이 난다. 배를 타고 꽤 멀리 가야 하는 곳에 사는 친척도 있었다. 나는 배 타는 것을 좋아했다. 쏟아지는 햇빛은 일상이었다. 배를 타고 달리면 햇볕과 바람이 뜨거운 소란을 일으켰다. 후드 티에 달린 모자를 푹 눌러쓴 채 얼굴을 다리 사이에 파묻고 있으면 뜨거움을 견딜 만했다. 강물은 배와 경주라도 하듯 넘실거리며 흘렀다.

우리 마을은 강과 바다가 만나는 지점이라 강물이 짰다. 강에는 다양한 물고기와 조개가 살았다. 할머니가 만든 음식엔 게와 새우, 조개, 생선이 넉넉했다. 우리 가족은 둘러앉아 함께 밥을 먹었다. 유쾌했고 행복했다. 할머니는 나를 데리고 한국에 오기 얼마 전에 외삼촌을 결혼시키고 외숙모에게 살림을 물려줬다. 몇 해 전 시작한 새우 양식이 성공해서 아무 걱정이 없다고 외삼촌이 소식을 전해 왔다. 야무지고 알뜰한 외숙모 덕분이라고 할머니가 자주 칭찬했다.

마을에선 할머니가 대장이었다. 크고 작은 일이 다 할머니 손을 거쳐 완성됐다. 할머니는 아침마다 할아버지 사진이 놓인 제단에 향을 피우고 기도했다. 할머니가 태어나기 훨씬 전부터 10대 중반에 이르는 긴 시간 동안 남북으로 분단된 베트남은 전쟁을 했다. 아버지는 전쟁터에서 돌아가시고, 어머니는 농사짓고 장사하며 홀로 할머니를 키웠다고 한다. 할머니도 일찍 남편을 여의고 엄마와 외삼촌 남매를 홀로 키웠다. 할머니는 가끔 낡은 앨범을 펼쳐봤다.

"할머니 뭐 봐요?"

"우리 어머니, 아버지 보고 있지."

나도 봐요, 할머니는 나를 무릎에 앉히고 사진을 짚어 가며 말했다. 이건 아버지, 이건 어머니, 이건 아버지 글씨…. 글자는 재미

없어서 나는 다음 장으로 훌떡 넘겼다.

할머니는 고향에서 태어나고 자라고 지금껏 살았으니 고향을 떠나 본 적이 없었다. 너나없이 가난한 이웃들과 없으면 없는 대로 나눠 먹으며 배고프고 힘겨운 시절을 건너왔다. 그런 할머니였으니 돈을 벌기 위해 멀리 한국으로 일하러 가겠다는 딸을 이해하기 어려웠다.

"한국엘 왜 가겠다는 거니? 그 먼 데를? 세상이 아무리 달라졌어도 한국은 우리와 싸웠던 나라 아니냐?"

"엄마는 언제 적 이야길 하는 거예요? 지금 미국하고도 친하게 지내는데 한국이 뭐가 문제라고?"

할머니가 말려도 엄마는 생각을 바꾸지 않았다. 겁이 없고 한번 마음먹으면 직진하는 엄마 성격은 할머니를 꼭 닮았다. 복잡하고 어려운 절차를 이렇다 저렇다 내색 없이 다 마친 엄마는 결국 한국으로 떠났다. 그리고 불과 2년 만에 한국 남자와 결혼한다는 소식이 왔다. 대체 어떤 남자랑 결혼을 한다는 것인지 왜 이리 급하게 하는 것인지 물어도 전화 속의 엄마는 웃기만 했다고 한다.

할머니는 결혼식 했다고 보내온 사진에서 사위 얼굴을 처음 봤다. 그 얼굴이 눈에 익기도 전에 엄마가 나를 안고 나타나서 이혼한다고 하더란다. 다리에 매달려 떨어지지 않으려는 나를 할머니 품에 안겨 두고 엄마는 또 뒤도 안 돌아보고 떠나버렸다. 귀신에 씌었는가 싶었지만 아장거리는 나를 보면 현실이었다나.

그때부터 할머니의 팔은 안전벨트처럼 나를 꼭 붙들고 있었다. 할머니는 나를 안고 부비고 먹이고 말을 가르쳤다. 나는 할머니 품에서 자라며 뜀박질 잘하는 아이가 됐다. 엄마가 할머니와 나를 한국으로 부른 것은 내가 초등학교 입학하기 얼마 전이었다. 할머니는 나를 데리고 오는 비행기 안에서 말했다. 한국 가면 엄마랑 아빠가 있어. 동생도 있어. 말이 잘 안 통해도 네가 언니니까 동생 잘 돌보고 친하게 지내야 해. 왜 동생이 있어요? 왜 말이 안 통해요? 왜 한국에 가요? 왜? 왜? 할머니가 무어라 대답했는지는 기억나지 않는다.

보라와 내가 엄마 아빠의 결혼 스토리를 궁금해했던 적이 있다. 초등학생 때, 재혼이 어떤 의미인지 막 알기 시작하던 즈음이었던 것으로 기억한다. 우리 딸들 그런 게 다 궁금해? 아빠가 우리를 양옆에 끼고 빙글빙글 웃으며 말했다.

"엄마가 보라 소식을 자주 묻더라고. 보라 얘기하다 친해졌지. 그런데 당신이 보라 이름을 어떻게 알았지?"

"어떻게 알기는! 자기가 보라 노래하는 영상 보여 주면서 그렇게 자랑해 놓고는? 그 노래 있잖아. 파란 하늘 파란 하늘 꿈이, 기억 안 나?"

커다란 눈을 가늘게 좁히며 엄마가 따지듯 말했다.

"파란 하늘~ 파란 하늘 꿈이 드리운 푸른 언덕에~ 아기 염소 여럿이 풀을 뜯고 놀아요~ 해처럼 맑은 얼굴로. 이거요?"

누가 먼저랄 것 없이 보라와 내가 노래를 불러 보였다.

"아하, 그거. 보라 유치원 재롱 잔치! 내가 그걸 보여 줬다고? 나 혼자만 보던 건데?"

"맞아, 그거야."

엄마의 기억은 그 어느 날 오후로 빨려 들어갔다.

휴식 시간에 간식으로 나온 빵 봉지를 들고 휴게실로 커피를 가지러 갔던 엄마는 아빠를 봤다. 김동호 과장. 그도 정수기 옆에서 빵을 우물거리며 커피를 마시고 있었다. 서쪽으로 넘어가는 겨울 해가 창문 가득 쏟아져 들어와 눈부시던 시간이었다. 엄마는 믹스 커피를 하나 뜯어 종이컵에 쏟아 넣고 뜨거운 물을 받았다. 커피를 저으며 김 과장을 슬쩍 봤다. 창가에 비스듬히 기대 휴대폰을 들여다보며 김 과장이 미소 지었다. 그 미소에서 어떤 애틋함 같은 것이 느껴졌지만, 엄마는 무심히 지나칠 작정이었다. 그런데 불쑥, 김 과장이 엄마 앞으로 휴대폰을 내밀었다.

"우리 딸. 예쁘죠?"

말을 나눠 본 적도 없는 사람이 별일이다 싶었지만, 불편하지는 않았다. 영상 속에서 분홍 공주 옷을 입은 여자아이가 노래를 부르고 있었다.

"참 예뻐요. 이름이 뭐예요?"

"보라요. 세 살."

"우리 딸은 네 살인데."

"네 살이면 또 얼마나 예쁠까? 사진 있어요?"

"핸드폰 작업장에 있어요. 다음에, 다음에 보여 줄게요."

주머니 속에 들어 있는 휴대폰을 없다고 거짓말하며 엄마는 서둘러 작업장으로 돌아갔다. 베트남에서 찍은 아이 사진을 보여 줄 수는 없었다. 베트남 사람들 사이에서야 숨기고 말고 할 것 없이 서로 처지를 알고 지냈지만 한국 사람들에게는 책잡히고 싶지 않았다. 특히 이혼했다는 이야기 같은 것 말이다. 오해받을 수도 있고 귀찮게 구는 사람이 생길 수도 있으니까. 짧았던 대화가 길게 기억에 남았다. 창으로 햇살이 쏟아지면 그 일이 생각났다.

엄마는 자신의 결혼이 너무도 후회스러웠다. 할머니 반대를 무릅쓰고 한국에 왔던 일, 철없이 연애하고 덜컥 결혼했던 일이 다 후회였다. 할 수만 있다면 지우개로 지우고 싶은 시간들이었다. 그럴수록 나를 잘 키워야 한다는 결심을 굳혔다. 무엇보다 돈을 벌어야 했다. 엄마는 지독하게 일했다. 돈을 더 받을 수 있는 밤샘 근무를 도맡다시피 했다.

"호아야, 너 너무 야간만 하는 거 아니야? 그러다 죽어."

엄마를 아끼는 지영 아줌마가 말렸지만 엄마는 고개를 흔들었다. 지영 아줌마는 엄마의 사정을 아는 유일한 한국인 동료였다.

"아냐, 언니. 우리 수아 학교 가기 전에 데려와야지. 애 오면 야간 못 해요. 잔업도 못 할 텐데.”

“네가 건강해야 애도 키우는 거야. 에휴, 남자나 여자나 혼자 애 키우기는 너무 힘들어. 운송부에 김동호 과장 있잖아. 김 과장도 혼자 애 키우잖아. 누나한테 맡기고 자기는 주말에만 보러 간대.”

“김 과장님이 왜요? 이혼했어요?”

“애 첫돌도 안 됐을 때 교통사고로 애 엄마가 죽었대.”

그 뒤로 엄마는 김 과장을 보면 종종 보라 안부를 물었다. 그렇게 1년도 더 지난 어느 날, 복도에서 인사하던 김 과장이 먼저 싱긋 웃더니 길게 눈을 마주쳤다.

“그날 아빠가 데이트 신청을 했어. 오늘 야근 안 하죠? 끝나고 맛있는 거 먹으러 갈까요? 하더라.”

“그래서 맛있는 거 뭐 먹었는데요?”

“돼지갈비! 맞지?”

“아니, 회사 사람들 볼까 봐 차 타고 멀리 가서 해물탕 먹었잖아.”

“아빠, 뭐야? 왜 기억을 못 해?”

아빠는 딸들의 구박을 받으며 한동안 추억 여행을 했다.

꿈 안, 꿈 어, 꿈 람

인천공항에서 엄마를 다시 만났던 일은 어색 그 자체였다. 엄마를 향해 내 등을 톡 치는 할머니 손을 느끼면서도 나는 머뭇거렸다. 엄마와 영상통화를 자주 했지만 달려가 안길 사이는 아니라고, 마음속 무언가가 나를 붙들었다. 팔 벌린 엄마 옆에서 활짝 웃고 있는 사람은 아빠였다. 영상통화에서 많이 본 얼굴이다.

주춤하는 나를 향해 엄마가 달려와 와락 끌어안았다. 웅웅 울리는 말들. 한국말이야, 괜찮아, 너도 금방 배울 거야. 엄마가 내 귀에 속삭였다. 그제야 나는 엄마를 껴안고 한숨을 길게 쉬었다. 동생과 같이 쓸 방에는 2층 침대와 책상 두 개가 나란히 놓여 있었다.

보라는 나보다 며칠 늦게 집에 왔다. 덕분에 내가 언니 노릇 하는 것이 수월했다. 보라는 함께 온 고모 뒤에 숨어 수줍어했다. 어른들은 나와 보라를 이끌어 마주 세우고 인사시켰다. 악수도 하라고 했다. 어색한 순간이 힘겨워 손가락만 꼬물거렸다.

"짜오 앰(동생 안녕)."

"언니 안녕."

떠밀려 나눈 영혼 없는 인사로 우리는 자매가 됐다. 나는 엄마가 미리 준비해 뒀던 커다란 소꿉놀이 세트를 보라에게 선물했다. 보라는 고모에게서 귀가 길게 늘어진 귀여운 토끼 인형을 넘겨받아 나에게 안겨 줬다. 자매의 상견례를 매끄럽게 풀어 줄 마법의 선물이었다.

우리는 그것들을 껴안고 어른들 눈에서 벗어나 우리들의 방으로 숨었다. 보라가 옆구리에서 달랑거리는 조그만 크로스백을 열고 노란 나비가 달린 머리핀을 꺼내 내 머리에 꽂아 줬다. 자기 머리에 꽂힌 같은 머리핀을 보이며 해쭉 웃었다. 귀엽다. 기분이 좋아진 나는 보라에게 친절해지기로 했다. 나는 나대로, 보라는 보라대로 각자 말을 재잘대며 지치지 않고 놀았다.

"우리 언니예요. 언니는 일곱 살이고요, 나는 여섯 살이에요. 우리 언니는 베트남에서 자라서 한국말을 지금 배워요. 조금 있으면 나처럼 잘할 거예요. 언니, 그치?"

"우리 수아 언니예요. 우리 언니는 베트남 말을 잘해요."

"우리 언니는 나보다 키가 커요. 그림도 잘 그려요."

보라는 내 손을 잡고 놀이터에 가고 가게에 갔다. 같은 머리 모양, 같은 옷차림을 하니 우리를 본 어른들이 쌍둥이? 하며 관심을 보였다. 그럴 때마다 보라가 쌩긋 웃으며 나를 자랑했다. 할머니가 나를 두고 베트남으로 돌아간 사이 나와 보라는 찐자매가 됐고 나는 곧 초등학생이 됐다.

보라는 여러모로 내게 좋은 한국어 선생님이었다. 한국말을 전혀 모르는 상태에서도 두려움 없이 입을 뗀 건 순전히 보라 덕분이다. 종알종알 말이 끊이지 않는 보라에 홀려 나 역시 말이 늘어갔다.

어지간히 의사소통을 할 수 있게 되자 아빠는 나를 앉혀 놓고 한글을 가르쳤다. 글자를 익히자 밤마다 오늘 뭐 했어? 하며 말을 걸었고, 나에게 책을 읽어 달라고 부탁했다. 나는 한국어를 말하고 한글 책을 읽을 줄 알게 된 것이 말도 못하게 자랑스러웠다. 매일 그 시간을 기다렸다. 아빠가 나를 부르면 잔뜩 들떠서 달려갔다. 아빠가 흐뭇하게 고개를 끄덕이며 몰래 내밀던 초콜릿은 나만의 행복이었다.

그러나 눈치 빠른 나의 경쟁자가 가만히 있을 리 없다. 보라는 나도, 나도, 팔짝거리며 내가 읽던 책을 빼앗아 더 큰 소리로 읽었다. 나랑은 비교조차 안 될 정도로 막힘이 없다. 보라는 딱히 한글을 배운 적이 없었다. 보라를 키운 고모는 일부러 한글 공부를 안 하는 어린이집을 찾아 보냈다고 했다. 매일 나무 구경하고 새를 따라다니며 놀던 보라가 어떻게 글을 읽게 됐을까. 책을 줄줄 읽는 보라 때문에 아빠도 눈이 동그래졌다.

"한글을 어디서 배웠니, 보라야?"

"언니 공부할 때 봤어."

엄마와 아빠는 동시에 놀란 얼굴로 서로를 바라봤다.

"우리 보라 천재인가 봐!"

선행 학습을 안 시키겠다는 엄격한 교육 방침이 보라의 천재성으로 무산된 순간이었다. 내가 공부할 조짐이 보이면 보라는 꼭 끼어들어 기를 쓰고 책을 읽어 댔고 그 모습은 또 내 학습 의욕을 자극했다. 자기도 모르는 사이 보라는 훈련 코치가 돼서 나를 도왔다. 덕분에 나는 1년 만에 보라와 말싸움을 겨룰 정도가 됐다. 세상 희한한 일은 내가 한국말을 배우는 동안 우리 천재 김보라 양은 베트남 말을 하나도 못 배웠다는 것이다!

엄마와 대화할 때는 무조건 베트남 말이었다. 베트남 글자로 된 그림책도 하루에 한 권씩 읽어야 했다. 처음 한국어 단어 몇 개만으로 속 터지는 의사소통을 할 때, 엄마와 베트남 말을 나누는 시간은 눈물과 숨통이 동시에 터지는 순간이었다.

하지만 시간이 흐르고 한국어에 익숙해지면서 나는 베트남 말을 써야 하는 것이 더없이 억울했다. 내가 한국말을 잘하려고 얼마나 애쓰고 있는데 굳이 베트남 말을 또 공부해야 한단 말인가. 아빠를 비롯한 한국 사람들이 내 한국어를 얼마나 칭찬하는데 엄마는 그걸 몰라주는가 말이다. 내 마음은 서러움으로 터져버릴 것 같았다.

그때였다, 할머니가 돌아온 것이.

나의 지존, 나의 빽, 나의 할머니!

곧 태어날 남동생과 엄마를 돌보러 다시 온 할머니와 함께 나의 베트남어가 빛을 발하기 시작했다. 내가 베트남 말을 여전히 잘하고 있는 데다 한국말도 막힘없이 하니 할머니가 무척 대견해했다. 잘했다, 잘했어. 할머니는 다 큰 나를 품에 싸안고 궁둥이를 두드렸다. 베트남은 다 싫다고 엄마에게 짜증 내던 일을 나는 기억에서 싹 지웠다. 엄마도 분명 잊었을 거다. 그러니 할머니가 그 사실을 알게 될 가능성은 전혀 없다. 암, 물론이다.

엄마에게 안겨 젖을 먹고 있는 은규 발가락을 만지거나 통통한 볼을 토닥이며 우리 자매는 재잘댔다. 할머니가 해 주는 베트남 음식을 허겁지겁 먹는 엄마가 우스웠다. 동생 잘 돌본 상이라고 선물을 주는 아빠가 좋았다. 아기가 태어나면서 우리 가족은 더 쫀득쫀득해졌다. 그런데 할머니는 우리가 무슨 말을 나누는지 몰라 자주 외톨이가 됐다. 우리가 엄마와 아기를 둘러싸고 시시덕거릴 때 말없이 바라보는 할머니를 곁눈질하며 나는 마음이 아팠다.

"늙어서 머리에 안 들어와. 너도 늙어 봐라."

내가 한국말을 배우라고 잔소리하면 할머니는 손가락으로 흰 머리카락을 들춰 보이며 말했다. 어쩌면 다행이랄까, 그런 날이 그리 길진 않았다. 엄마가 다시 회사에 출근하자 자연스레 할머니가 가족의 중심이 됐다. 집안일을 챙기려는 할머니에겐 내 통역이 필요했다. 귀찮을 때도 있었지만 나는 할머니의 입과 귀 노릇에 최선을 다했다. 내가 학교에 있는 동안에 할머니는 은규를 데리고 송싸이공에 가서 살다시피 했다. 같이 앉아 채소를 다듬거나 물건 파는 일을 도왔다. 할머니에게 송싸이공은 숨통이었다. 송싸이공에 그런 할머니들이 모여들었다.

친부라는 인간이 게임 중독 술 중독이었다는 것을 알고 있는 나는 게임방에 가거나 술 먹는 사람은 다 끔찍했다. 지금 아빠는 술을 못 마신다. 어쩌다 송싸이공에서 술을 한 잔 얻어 마시면 아빠는 얼굴이 빨개져서 집으로 달아나버린다. 그래서 아빠가 좋았다. 엄마도 같은 이유로 아빠에게 끌렸을 것이다. 엄마 아빠가 다투는 건 본 적이 없다. 둘 다 상처가 있어서 그런 거라고 할머니들이 말했다. 쟤는 제 신랑한테 어찌 저리 지극정성이래? 그러게… 제 가정 지키려고 저리 애를 쓰네.

우리 가족도 비슷한 마음이었던 것 같다. 무언가 일이 생기면 할머니는 아빠 편을 들어 아빠가 섭섭하지 않게 했고, 고모는 엄마 입장을 더 이해해 주면서 감쌌다. 무엇보다 어른들은 보라와 나를 공평하게 대했다. 사탕 한 알이라도 우리 둘은 무조건 똑같이. 보라와 내가 각각 개성을 추구하기 전까지는 옷도 신발도 똑같이. 우리 집은 가난하고 평범한데 우리 삼 남매는 부족함을 느낀 적이 별로 없었다. 이웃들 사는 모습도 다 비슷해서 딱히 우리가 부족하다 생각할 것이 없기도 했다. 그러나 다른 집들이 크고 작은 말썽으로 바람 잘 날 없는 데 비해, 우리 가족은 서로 돌보려는 마음이 유독 강했다.

할머니가 자주 하는 말이 있다. 꿍 안, 꿍 어, 꿍 람. 같이 먹고, 같이 살고, 같이 하라는 뜻이다. 할머니 말을 옮기며 내 입에도 익숙해진 이 말은 청소나 설거지가 싫어 꾸물대는 동생들을 닦달할 때 아주 쓸모가 있었다. 엄마는 아빠 간병에 할머니는 장사에 바쁘니 자잘한 살림은 삼 남매가 해내야 했다. 은규는 자기 장난감 치우기, 청소는 보라, 빨래는 내 차지, 설거지는 보라와 내가 번갈아 했다. 가끔 서로 미루며 가위바위보로 정하기도 했지만 우리 투덕거림을 어른들이 알게 하지는 않았다. 송싸이공 할머니들은 이런 우리를 일러 요즘 보기 드문 애들이라고 했다.

한 달 잔치

빠떼가 익어 가는 냄비 옆에서 냄새를 즐기던 어느 날, 짱 이모가 아기를 안고 송싸이공에 들어왔다. 할머니들이 아기를 받아 안고 반기니 이모가 울컥하며 말했다.

"우리 아기 오늘 한 달이에요."

"한 달? 벌써 그렇게 됐나? 잔치는 했어?"

"한국에서는 한 달 잔치 안 한대요. 그런 거 누가 하냐고…."

이모가 또 집에서 서운한 소리를 들은 것이 분명했다. 울적한 마음에 아기를 안고 나온 거겠지. 우리 할머니는 아기를 어르면서 나더러 밖에 나가 꽃을 하나 따 오라고 했다. 무슨 꽃? 아무거나 예쁜 거. 꽃이 어디 있을까 두리번거리던 나는 골목에 피어 있던 라일락 꽃을 따 가지고 갔다. 할머니는 꽃을 아기 얼굴 위에 살랑이며 말했다.

"우리 애기가 입을 벌릴 때마다 예쁜 말이 나오고, 행운이 오게
해 주세요."

짱 이모 눈에 눈물이 핑 돌았다.

"울지 말거라. 엄마가 자꾸 울면 애기도 울보 된다."

프엉 할머니가 이모를 다독이며 말했다.

짱 이모는 아기 낳고 몸조리할 때 미역국을 못 먹어서 시어머니
한테 꾸중을 많이 들었다고 했다.

"아기를 낳았으면 미역국을 먹어야지. 안 먹으니까 젖도 안 나
오잖니!"

시어머니가 들이미는 미역국 앞에서 이모는 왈칵, 구역질과 함
께 눈물을 쏟았다. 그런 일은 흔했다. 한국과 베트남이 음식도 다
르고 아기 돌보는 방법도 달라서 첫 아기를 낳은 이모들 누구나
마음 상하는 일을 겪는다. 짱 이모 소식을 들은 우리 할머니가 족
발에 감자, 당근을 넣고 푹 끓여 깐험을 만들어 줬다. 내가 깐험 냄
비를 들고 집으로 배달을 갔다. 이모의 시어머니가 눈을 동그랗게
뜨고 물었다.

"이게 산모가 먹는 음식이니? 베트남에서는 산모가 미역국을
안 먹는다고? 아이고, 그것도 모르고 우리 며느리만 잡았네."

"우리 할머니가 이거 먹으면 젖도 잘 나온다고 말씀드리랬어
요."

"이거 고마워서 어쩌나. 참, 아가, 네가 베트남 말 잘한다는 그 애기냐? 우리 며느리한테 뭐 먹고 싶은지 물어봐 줄래? 뭐라 하는데 나도 모르겠고 애 아빠도 모르겠다는구나. 보통 답답한 게 아니다."

아기를 데리고 방에 누워 있던 짱 이모는 나를 보고 무척 반가워했다. 입에 웃음이 걸렸지만 코끝은 빨개졌다. 깐험을 가져왔다는 말에 이모는 옷소매를 끌어다 눈가를 닦았다. 그 옆에서 조그만 얼굴에 머리숱이 거의 없는 아기가 순하게 자고 있었다. 귀엽다. 이모는 몽조험이 먹고 싶다고 했다. 몽조험, 나도 처음 듣는 음식이다.

"몽 뭐? 그게 뭐라니?"

마음 급한 시어머니가 곁에서 채근했다. 나는 이모에게 물어 족발에 파파야를 넣어 끓인 것이라고 알려드렸다.

"그거 파는 데가 있을까?"

"아마 없을걸요? 저도 파는 데를 본 적이 없어요."

"혹시 너희 할머니는 아시려나? 할머니 아시면 부탁 좀 드려도 될까? 내가 비용 드린다고. 응?"

고맙다 아가. 정말 고마워. 등 뒤에서 들려오는 아가 소리가 멋쩍어 걸음이 허둥댔다. 우리 할머니는 정성껏 몽조험을 만들었고 나는 기쁘게 다시 배달을 했다. 송싸이공에 돌아오니 짱 이모가 울음 가득한 목소리로 할머니에게 감사 전화를 했다는 소식이 들렸다.

오늘은 아기의 한 달 잔치를 같이했다. 할머니들이 돌아가며 아기를 어르는 사이 짱 이모는 가게에서 숙주, 새우, 돼지고기 같은 식재료들을 사더니 반쌔오를 만들어 할머니들에게 대접했다. 바삭하게 익은 부침개를 채소에 싸서 느억맘 소스에 콕 찍어 먹는 동안 타오 할머니가 슬며시 나가 팥빙수를 사 왔다. 콩으로 만든 달달한 쩨와 가장 비슷한 팥빙수.

"그렇지, 한 달 잔치에 쩨가 빠지면 안 되지. 잘했네, 동생."

우리 할머니의 칭찬에 타오 할머니가 배시시 웃었다. 멋모르고 가게에 왔던 손님들도 같이 음식을 나눠 먹으며 아기에게 덕담을 했다. 아기 손에 만 원짜리를 쥐여 주는 이들도 있었다.

송싸이공에서는 그런 작은 잔치가 시시때때로 벌어졌다. 할머니들에게 음식을 얻거나 도움을 받은 이들이 음식을 해 오는 일도 흔했다. 누군가를 축하하거나 위로하기 위해 모이는 일은 송싸이공의 행복이었다.

출산을 앞둔 이들은 미리 할머니에게 간험이나 몽조험 같은 음식을 주문하기도 했다. 베트남은 남북으로 긴 나라라서 지역마다 음식 문화가 상당히 다른데, 송싸이공에는 남부 출신인 우리 할머니와 타오 할머니, 중부 다낭 출신 프엉 할머니, 북부 하이퐁에서 온 란 할머니가 있어서 어느 지역 음식이든 어렵지 않게 만들 수 있었다.

할머니들이 송싸이공에서 같이 장사를 시작할 때 어떤 이들은 삐죽이기도 했다. 남쪽 북쪽 다 모여서 뭐 하자는 거야? 할머니는 그때도 같은 말을 했다. 베트남 사람은 뭐든 같이 먹고, 같이 살고, 같이 해야지. 그래야 큰 힘이 나지. 남쪽 북쪽이 다 무슨 상관이라니. 타오 할머니는 아무렴, 하고 맞장구를 쳤다. 정말 큰 힘이 나는지는 모르겠지만, 남쪽 북쪽 어디서 온 사람이든 송싸이공을 편하게 여기는 것을 보면 할머니들의 말이 맞구나 싶었다.

나는 송싸이공 유리문이 베트남과 한국을 가르는 국경처럼 느껴졌다. 진짜 국경은 저 멀리 어딘가에 있겠지만, 우리는 하루에도 수십 번씩 문화의 국경을 넘나들었다. 문밖에는 한국말과 음식과 문화가 있다. 송싸이공 문을 열고 들어오면 베트남 사람의 말과 음식과 문화가 있다. 베트남 사람들은 이 안에서 안온함을 느꼈다. 나도 그랬다.

타오 할머니의
새 옷

단발머리에 동그란 얼굴로 늘 웃고 있는 타오 할머니를, 우리는 원래 아줌마라 불렀다. 그런데 우리 할머니가 송싸이공에 드나들게 되면서 호칭에 혼란이 생겼다.

"우리 할머니를 언니라고 부르니까 할머니가 맞지?"

내 의문에 보라가 답했다.

"맞지!"

나름대로 분석을 거친 호칭인데 그것도 모르고 민아 언니는 대뜸 꿀밤부터 먹었다.

"너 왜 우리 엄마를 할머니라고 불러, 언제부터 그랬어, 엉?"

"할머니 친구니까 할머니지, 괜찮아."

타오 할머니가 작은 키로 나를 감쌌다. 나는 할머니 품으로 더 파고들었고, 할머니는 팔을 허우적대서 민아 언니의 공격을 막아

췄다. 결코 용서하지 않겠다는 응징의 꿀밤을 날리고 피하며 우리는 유쾌한 웃음을 터트렸다.

송싸이공의 주 메뉴는 소고기쌀국수와 닭쌀국수다. 다양한 양념과 마른 국수, 라면도 잘 팔린다. 그중 제일 인기 좋은 것은 타오 할머니의 오지랖이다. 젊은 시절, 한국에 일하러 같이 왔던 사람들 가운데 한국어를 가장 빠르게 익힌 할머니는 항상 무리를 대변하는 입장에 섰다. 누군가 부당한 대우를 받거나 아프거나 문제가 생기면 할머니가 나서야 일이 해결됐다. 원체 어려운 사람을 그냥 지나치지 않는 성격이기도 했지만, 고단한 동료들이 한국어를 하는 할머니에게 앞서 달라 요청했기 때문이기도 했다.

한번 생긴 오지랖은 폭이 점점 더 넓어졌다. 장사를 시작한 뒤로도 밥 먹던 손님이 월급을 못 받았다고 하면 할머니는 직접 사장에게 전화해서 그 이유를 따져 물었다. 물론 그 전화로 못 받았던 돈을 바로 받게 되는 것은 아니었지만, 무슨 사정인 줄도 모르고 언제 받게 될지도 모르는 답답한 마음을 덜 수는 있었다.

누군가 한국인 가족들 틈에서 갈등을 겪으면 집까지 찾아가 통역을 해서 싸움이 나지 않게 했다. 돈 없는 이들에겐 외상으로 음식을 줬다. 더러 외상이 쌓여 금액이 커진 손님이라 해도 쌀국수 그릇은 늘 푸짐했다. 돈 없어 힘든데 배까지 고프면 얼마나 서럽겠느냐는 이유였다. 놀라운 것은 할머니의 한국어였다. 20년 전 최

절정에 올라 계속 그 상태를 유지하고 있다는 할머니의 한국어.

"타오 할머니가 통역을 도맡았다고요? 그 한국어로?"

"그럼! 지금이야 한국어 잘하는 사람이 많지만 그때는 할머니가 최고였다니까. 얼마나 고마웠는데."

엄마도 한국어를 배우기 전 타오 할머니 도움을 많이 받았다. 통역만이 아니다. 힘들고 지칠 때 송싸이공에 가서 할머니의 베트남 말을 들으며 밥을 먹는 건 엄마의 행복이었다고 한다. 나를 가져 입덧이 심할 때 무엇이든 먹어야 한다며 음식을 해 준 사람도, 나를 잠시 베트남에 보내고 빨리 돈을 모으라고 조언해 준 사람도 타오 할머니였다.

송싸이공은 몇 년 사이 손님 구성이 크게 바뀌었다. 초기에는 거의 일하는 사람들이었는데, 차츰 한국인과 결혼해서 오는 젊은 여성이 늘어났다. 그이들이 남편, 시부모를 비롯한 시집 식구들과 부대끼는 이야기는 상상을 초월했다. 빨리 한국어를 배우라는 요구에 베트남 말은 입 속에 갇혔고, 용기 내어 상에 올려 본 베트남 음식에 가족들이 코를 막았다. 베트남에서 가져온 옷은 촌스럽다는 평가를 받고 구석에 처박혔다.

눈 감고도 할 수 있는 일, 가령 쌀 씻어 밥 안치고, 과일 깎고, 집 안 청소하는 일조차 눈치를 살펴 가며 한국식을 따라야 했다. 송싸이공에 와서야 비로소 숨을 크게 쉬고, 까르르 웃고, 먹고 싶은 음식을 먹었다. 육아나 쇼핑 정보는 물론, 일자리 정보도 송싸이공에서 얻었다. 여러 회사가 송싸이공에 사람 소개를 부탁했다.

단군시장 근처에서 벌어지는 베트남 사람들 일은 대부분 타오 할머니의 손바닥 안에 있었다. 그리고 그 손바닥 밑을 받쳐 주는 이는 바로 할머니의 남편이었다. 우리가 장난스럽게 할부지라 부르는 할머니의 남편은 그야말로 타오바라기였다. 젊을 때부터 그랬다고 했다.

할부지는 건설 현장에서 일하느라 새벽같이 출근하면서도 가게 일을 쉴 없이 도왔다. 이웃들에게도 자상했다. 짐을 날라 주고, 돌봐 주는 이 없이 아픈 누군가가 있으면 차에 태워 병원에 데려갔다. 한글이 빽빽하게 적힌 서류를 들고 오면 툴툴대면서도 내용을 봐 주고, 아주 가끔은 가정불화를 겪는 한국인 남편을 불러내 진지하게 인생 상담을 하기도 했다. 하지만 한 가지 병이 있으니, 그건 하늘도 못 고친다는 술 먹는 병이었다.

보라와 함께 송싸이공에서 튀긴 만두 짜조를 얻어먹은 날이었다. 짜조에 보답할 겸 할머니들 곁에 쪼그리고 앉아 채소 포장하는 일을 도와드렸다. 할머니들 수다에 또 할부지가 등장했다. 타오 할머니는 어젯밤에 일어났던 사건을 풀어놓았다. 술에 취해 집에도 못 들어오고 문밖에 누워 자고 있더라는, 잊을 만하면 다시 듣게 되는 단골 술버릇이었다.

어제 사건에서 다른 점이 있다면 신발을 고이 벗어 곁에 뒀더라는 것이다. 그걸 또 할머니들은 추임새를 넣어 가며 흥미진진하게 즐겼다. 왁자한 웃음이 흘렀다. 말을 못 알아듣는 보라는 그 웃음 잔치 속에서도 하품이나 해 대더니 갑자기 생뚱맞은 질문을 했다.

"할머니는 할부지랑 왜 결혼했어요?"

타오 할머니는 잠깐 멍한 표정을 지었다. 내가 왜 했더라, 생각하는 표정이랄까.

"내가 원래 결혼 생각 안 했어. 우리 엄마 나한테 말해. 결혼하지 마. 여자 결혼해 힘들어. 마음대로 살아, 연애만 해. 그런데 한국 왔어. 민아 아빠 만났어."

"어디서 만났는데요?"

"옆에 회사. 젊을 때 할아버지 많이 이뻤어."

"에? 예쁘다고요?"

할머니가 눈을 감고 미소를 지으며 가슴 앞에 두 손을 모았다.

"요롷게 꽃 안고 와서 나한테, 데이트해요, 했어. 내가 마음이 뿅 갔지. 지금도 술 안 먹으면 이쁘다."

보라가 어리둥절하는 동안 타오 할머니는 그 말을 다른 할머니들에게 베트남 말로 해 주며 또 웃음을 터트렸다.

타오 할머니도 우리 엄마랑 결혼 과정이 비슷했다. 취업하려고 한국에 왔다가 옆 회사에 다니던 할부지를 만났다. 한국에서 딱 3년만 일하고 돌아가려 했는데 할부지가 결혼하자고 조르는 통에 붙잡혀 30년이나 살았다나. 할머니들의 이야기는 또 다른 할머니들의 결혼 스토리와 남편들의 젊은 시절 이야기로 넘어갔다. 우리는 할머니들 웃음소리에서 조용히 빠져나왔다. 아직 퇴근 시간 전이라 시장은 조용했다. 보라가 바짝 붙으며 내게 팔짱을 꼈다.

"할머니들 참 낭만적이야. 그치?"

타오 할머니의 진짜 자랑거리는 민아 언니와 민혁 오빠였다. 제약 회사에 다니는 민아 언니와 대학생인 민혁 오빠 이야기만 나오면 할머니 얼굴이 환하게 피어났다.

우리 동네 베트남 이민 자녀 중 가장 맏이 격인 언니 오빠는 우리 삼 남매에게 우상이었다. 민아 언니는 길에서 우리를 만나면 굳이 데려가서 떡볶이나 아이스크림을 사 줬다. 민혁 오빠는 아르바이트 가기 바쁘다면서도, 몸을 놀리고 싶어 안달 난 은규를 데리고 격투기를 하며 놀아 줬다. 큰애들이 본을 보여야 동생들도 잘 한다고 믿는 타오 할머니의 교육 덕분인 것 같다.

요즘 할머니의 수다 소재는 민아 언니네 회사 구경이다. 얼마 전, 타오 할머니가 새 옷을 입고 가게에 나와서 어떠냐고 물었다. 양파를 까느라 손이 바쁜 할머니들은 슬쩍 보더니 예쁘네, 하고 말았다. 누가 봐도 건성이었다. 하지만 늘어난 티셔츠와 고무줄 바지에 낡은 슬리퍼를 끌고 집과 가게만 오가는 할머니들에게 옷차림 품평은 과한 요구였다. 나 역시 심드렁한데 보라만 눈이 빛났다.

"대박! 할머니 새 옷 입었다."

반응이 기대에 못 미쳤는지 타오 할머니는 재차 관심을 촉구했다.

"오늘 민아 회사에 입고 갈 거야."

"그게 오늘이야?"

할머니들은 그제야 생각났다는 듯 양파를 손에서 내려놓고 허리를 두드리며 일어섰다. 이게 민아가 사 준 옷인가? 이쁘구먼. 화장 좀 더 하지 그랬어. 아니 너무 하면 오히려 안 좋아. 이 정도가 적당해. 할머니들은 급히 관심을 모아 말을 보탰다. 자초지종을 들어 보니 민아 언니 회사에서 부모님 초청 행사를 한다는 것이었다.

타오 할머니는 자기 때문에 딸이 창피할까 봐 걱정이 앞섰다고 했다.

"엄마 안 가고 싶어. 옷에서 닭 냄새 나. 창피해."

그런 할머니를 꼭 끌어안고 언니가 말하더란다.

"깨끗이 빨아 입으면 냄새 안 나, 엄마. 엄마 꼭 와야 해."

걱정을 덜어 주려고 민아 언니는 할머니에게 새 옷을 장만해 줬다. 할부지도 오래 잠자던 양복을 차려입고 나왔다. 어딘가 어색하지만 그래도 좋아 보였다. 할부지는 왜 새 옷을 못 얻어 입었을까? 닭 냄새가 안 나서 그런가? 쓸데없는 상상으로 빠지려는데 퍼뜩 보라 목소리가 들렸다.

"할머니 잠깐만요!"

보라가 집으로 뛰어가서 가져온 것은 아이브로펜슬과 스팀다리미였다. 보라는 할머니 눈썹을 고치고 할부지 양복에 잡힌 주름을

폈다. 베트남 말을 모르는 보라는 눈치로 파악하느라 한 박자 늦지만, 특유의 눈썰미와 다정함으로 꼭 필요한 것을 채웠다. 흡족해진 타오 할머니가 보라 등을 연신 쓸어 내렸다.

다음 날 송싸이공은 타오 할머니의 무용담과 자랑으로 가득했다. 가장 중요한 포인트는 민아 언니가 회사 사람들에게 이렇게 말했다는 점이다.

"우리 엄마는 베트남에서 오셨어요."

너무 당연한 것인데, 타오 할머니는 그게 그렇게 좋은가 보다.

반뚜 삼촌 이야기

학교에서 돌아오는 길에 송싸이공에 들렀더니 웬 젊은 남자가 음식 배달을 가고 있었다. 국수 쟁반을 들고 가는 모양이 특이했다. 왼손으로 쟁반 한편을 잡고 반대편은 오른쪽 팔뚝으로 받쳐 들었다. 검은 장갑을 낀 오른손은 그러쥐지도 펴지도 않은 것이 어정쩡해 보였다. 발은 무척 빨라서 휙 가더니 휙 돌아왔다. 받아 온 돈을 할머니에게 전하면서 훈훈하게 웃어 보이더니 탁자 앞에 앉았다. 이 삼촌은 또 누구신가, 호기심이 발동한 나는 맞은편에 의자를 끌어다 앉았다.

"삼촌, 누구세요?"

뭉그적거리며 눈치를 살피다 이때다 하고 말을 걸었다. 할머니가 귀찮게 하지 말라며 눈치를 줬다.

"귀찮게 하기는요! 그냥 인사하는 거지. 치, 근데 할머니는 왜 손님한테 배달을 시키고 그래요?"

삼촌이 손사래 쳤다.

"아냐, 할머니가 시킨 게 아니고 내가 한다고 한 거야. 내가 지금 단군병원에서 치료받는 중이거든. 이 근처에 당분간 살아야 하는데 갈 데가 없어서 여기 있게 됐어."

우리 동네에 있는 단군병원은 전국적으로 유명한 수지접합전문병원이다. 잘린 손가락을 붙이는 수술을 아주 잘한다고 들었다. 송싸이공 손님 중에도 그 병원에서 치료받는 사람들이 있었다. 삼촌은 이 손, 하며 망설임 없이 오른손에 낀 장갑을 벗어 보여 줬다. 엄지손가락을 제외한 손가락 네 개에 봉합한 자국이 있었다. 손가락을 잘렸거나 다시 붙인 사람을 여럿 봤는데, 볼 때마다 가슴이 덜컹한다.

"아… 못 움직여요?"

"지금은 못 움직여. 물리치료 하면 나아질 수도 있대."

"일도 할 수 있대요?"

나는 어른들 흉내를 냈다. 어딘가 다친 사람에게 어른들은 꼭 그렇게 묻곤 했다.

"의사 말로는 전처럼 일하는 건 어려울 것 같대. 치료하면서 보자고. 지금은 확실히 몰라."

암울한 소리를 하면서도 삼촌은 미소 지었다.

삼촌의 이름은 반뚜였다. 어젯밤 송싸이공에서 잠을 잤다고 했다. 다른 지역에서 일하다 손을 다쳐 단군병원에 와서 수술을 받고 퇴원했는데, 회사가 너무 멀어 매일 가야 하는 물리치료를 다니기 힘들었다. 송싸이공에 베트남 사람들이 많이 모인다는 말을 듣고 근처에 먹고 잘 데가 있는지 알아보기 위해 찾아왔다.

집에 데려가 재우고 싶은 할머니들 마음과 달리 현실은 곤란했다. 다들 방 두어 개짜리 집에 여러 식구가 살아서 손님을 들이기가 쉽지 않았다. 가게에서라도 잘 테냐는 타오 할머니 제안에 삼촌은 반색했다. 창고에 접혀 있던 간이침대가 밤에 끌려 나와 삼촌의 잠자리가 됐다. 삼촌은 며칠만 그렇게 지내게 해 달라고 부탁했고, 타오 할머니는 얼마든지 편하게 지내라고 허락했다. 내가 삼촌을 만났을 때는 이미 그런 이야기가 다 끝난 뒤였다.

가게에 씻을 곳이 마땅치 않아 삼촌은 우리 집이나 타오 할머니 집 욕실을 빌렸다. 우리가 학교에 있는 시간이나, 민아 언니가 출근하고 집에 없는 시간에만 욕실을 썼다. 쓰고 나면 어찌나 깔끔하게 청소를 해 놓는지, 학교에서 돌아온 우리는 욕실 상태를 보고 삼촌이 사용했다는 걸 쉽게 알 수 있었다.

다행히 그런 불편한 생활은 오래가지 않았다. 삼촌은 혼자 자취하는 유학생과 월세를 나눠 내기로 하고 같이 살게 됐다. 그 유학생은 음식을 할 줄 몰라 거의 사 먹는다는 송싸이공 단골이었다. 웬일로 자기가 국수를 불려 놓고 느억맘을 얻으러 가게에 왔다가 삼촌을 만난 것이다. 삼촌은 할머니 지시대로 종이컵에 양념한 느억맘을 담아 손님에게 건넸다.

"뭐 먹으려고 느억맘만 가져가요?"

"국수 먹으려고요."

"혹시 혼자 살아요? 룸메이트 안 필요해요? 월세 반반씩."

삼촌이 급한 마음에 앞뒤 가리지도 않고 들이대는 것을 유학생이 반갑게 받았다. 학비며 생활비를 스스로 벌어야 하는 형편이라 룸메이트를 구하고 싶었단다. 할머니들은 반뚜 삼촌이 방다운 방에서 살게 된 것을 기뻐하면서도 아쉬운 마음을 감추지 못했다. 아침마다 송싸이공 안팎을 깨끗하게 청소하던 삼촌은 그새 할머니들에게 소중한 존재가 됐던 것이다.

그런데 놀랍게도 삼촌은 방으로 들어간 뒤에도 매일 나와 가게를 청소하고 물건 정리를 도왔다. 또 한국어 교육 프로그램에 등록해서 한국어 공부를 시작했다. 손도 아픈데 공부까지 하느냐는 내 질문에 삼촌은 웃으며 말했다.

"몇 달 더 치료해야 한다니까 그사이에라도 배우려고. 한국말 할 줄 알면 일 찾기가 좀 낫겠지? 너는 한국말을 어떻게 그렇게 잘하니? 정말 부럽다."

"저는 원래 한국인이잖아요. 어릴 때 베트남에 살아서 베트남말 잘하는 거예요. 근데 일을 할 수 있을까요? 손이 아직 아픈데."

삼촌은 대답 대신 장갑 낀 손을 움직였다. 손가락이 여전히 쥐어지지 않았다. 할머니는 노닥거리고 있는 나를 불러 심부름을 시켰다. 병원에 있는 아빠에게 닭고기를 얹은 쏘이(찐 찰밥)를 가져다드리라고 했다.

반뚜 삼촌은 자기에게 부탁한 일도 아닌데 가볍게 몸을 일으켜 나를 따라왔다.

"병원 지겹지 않아요?"

"괜찮아, 괜찮아."

삼촌은 거리에서 만나는 한국어 간판을 소리 내어 읽으며 맞느냐고 일일이 확인을 받았다. 공부하려고 따라온 거구만! 우리가 도착했을 때 엄마는 끙, 하며 아빠를 침대에 올리고 있었다. 아빠는 많이 좋아졌지만 아직 스스로 걷지 못해 휠체어를 타야 했다.

아빠가 침대와 휠체어를 오갈 때 엄마는 힘들어서 눈물이 찔끔 나온다고 했다. 아빠는 미안해서 눈물이 났다. 다친 것만으로도 엄마에게 큰 죄를 지은 거라며, 엄마가 마음까지 다치는 일이 없게 하려고 아빠는 필사적으로 명랑했다. 엄마가 진작 아빠 같은 사람을 만났더라면 얼마나 좋았을까. 내가 세상에 태어나지 못했겠지만 그건 뭐, 상관없다.

안녕하세요, 삼촌은 병실 입구에서 큰 소리로 인사하더니 아빠 침대 곁으로 착 다가갔다. 병실 사람들이 누구야, 하는 눈으로 삼촌을 봤다.

"누님, 안녕하세요. 저 어머니께 신세 많이 지고 있어요."

햐, 이 삼촌, 친화력 좀 봐, 나는 혀를 내둘렀다. 아빠는 삼촌 손을 유심히 보더니 산재냐고 물었다. 내가 통역을 하기도 전에 삼촌이 고개를 끄덕이며 왼쪽 손날을 오른손 위에 세워 자르는 시늉을 해 보였다. '산재'라는 단어를 알아들은 것이다.

"잘렸어요? 아이고, 어쩌다가?"

"프레스. 기계 고장."

"손가락은 붙였고?"

삼촌이 장갑을 벗어 굳은 손가락을 보여 줬다. 아빠가 그 손을 두 손으로 감싸고 한참이나 주무르고 주먹을 쥐어 봐라 펴 봐라 하며 자세히 살폈다. 두 사람은 통역 없이도 대화를 나눌 수 있었다. 동지애랄까, 그런 게 있는 것 같았다. 산재 동지들은 며칠 지나지 않아 오랜 친구인 듯 죽이 잘 맞았다. 왼손과 오른쪽 팔뚝을 써서 아빠를 돕는 요령을 익힌 삼촌은 엄마를 병원 밖으로 내보내 쉴 시간을 주기도 했다.

반뚜 삼촌은 한국어 공부에 진심이다. 삼촌의 낡은 수첩은 한국어를 배우기 시작했을 때부터 써 왔다고 한다. 첫 장엔 '안녕하세요, 반갑습니다. 나의 이름은 반뚜입니다. 나는 베트남 사람입니다'라고 적혀 있었다. 글씨가 반듯반듯했다.

수첩은 회사, 식당, 가게로 나뉘어 있었는데, 회사 부분에는 '나는 용접합니다. 이것은 무엇입니까? 기계가 움직이지 않습니다. 불량이 1개 나왔습니다' 같은 문장이 쓰여 있었다. 그 뒤로 '월급 얼마입니까? 야간 있습니까?' 같은 말들이 이어졌다. 나는 '용접합니다' 옆에 '용접할 수 있어요'를 써넣고, '기계가 움직이지 않습니다' 옆에 '기계가 고장 났어요'라고 써넣으며 차이를 설명했다.

식당 편에는 '삼겹살 주세요. 물 주세요'와 음식 이름이 적혀 있었다. 삼겹살, 김치찌게, 동태찌개, 뚝배기 불고기, 치킨. '밥 더 주세요'도 있었다. 나는 김치찌게를 김치찌개로 고쳐 줬다. 동태찌개와 똑같은 찌개인데 왜 김치찌게라고 썼지? 삼촌은 그게 같은 것인 줄 몰랐다고 했다. 그냥 음식 이름을 외웠을 뿐 찌개가 무엇인지 모른다고.

"국물 있는 음식은 다 찌개예요."

"그런 거였어? 그럼 국은 뭐야?"

"앗, 그러네! 국은 국물이 더 많은 음식. 찌개가 국보다 조금 더 짜다고 해야 하나? 찌개는 국보다 물이 좀 적어요."

삼촌은 그걸 어떻게 구분하느냐고 고개를 갸우뚱했다. 글쎄, 그걸 어떻게 구분해야 할까? 미역국, 된장국, 콩나물국, 순댓국, 김치찌개, 된장찌개. 물의 양에 따라 국과 찌개로 나눈다면 미역국을 끓일 때 물을 적게 넣고 끓이면 미역찌개가 되나? 아닌데, 미역찌개 같은 말은 들어 본 적이 없는데. 맞다, 김치찌개와 김칫국!

나는 삼촌이 먹어 봤다는 김치찌개와 김칫국으로 찌개와 국의 차이를 다시 설명했다. 어렵다. 나는 내가 한국어를 아주 잘한다고 생각했는데, 삼촌에게 가르쳐 주려니 설명하기 어려운 부분이 너무 많았다. 삼촌의 한국어 교재를 보면 더 머리가 아팠다.

가게 편에는 딱 세 문장만 적혀 있었다. '이거 얼마입니까? 비싸요. 깎아 주세요.' 물건 살 일이 별로 없었나? 삼촌은 한국말을 할 필요가 없는 슈퍼마켓에서만 물건을 샀다고 한다. 그러니 비싸다는 말도 깎아 달라는 말도 필요하지 않았다.

베트남 글자도 보였다. 이리 와, 빠루 가져와, 다머, 시러, 밥 먹자, 시마이. 이런 말들이 발음 나는 대로 쓰여 있었다. 수첩 여기저기 글씨가 들쭉날쭉한 것으로 봐서 그때그때 들은 말을 기억하려고 급하게 써 둔 듯했다. 다머, 시러, 빠루, 시마이 같은 건 나도 모르는 말이었다.

다머, 시러를 삼촌은 이렇게 설명했다. 다머는 다 만든 물건을 박스에 차곡차곡 넣을 때 들은 말. 박스에 담아라, 기본형은 담다, 하고 나는 짐작했다. 담다, 담아서, 담으면. 시러는 박스를 트럭에 실을 때 들은 말. 차에 실어라, 그 말이네. 기본형은 싣다. 실어서, 실으면.

한국어가 어렵긴 하구나! 그런데 빠루가 뭐지? 그건 이만한 굵은 쇠막대야, 삼촌이 자기 팔을 들어 크기를 어림해 보여 주며 말했다. 시마이는? 공장장님이 이 말을 외치면 다들 작업을 종료하더라고. 퇴근하자는 말인가? 도대체 모르겠어서 나중에 아빠에게 물으니, 그건 일본어야, 마치자는 뜻이지, 하고 알려 줬다. 빠루와 시마이처럼 일본어에서 비롯된 말이 작업 현장에서 많이 쓰인다고 했다.

이러쿵저러쿵 내가 한국어에 대해 떠드는 말을 인내심 좋게 들어 주던 삼촌이 휴대폰을 내밀었다.

"여기 사람 구하는 회사 중에 어디가 좋은지 봐 줄래? 한국어로 올라온 게 많아."

"일도 못 하면서 그건 뭐 하러 봐요?"

"지금은 못 하지만 나중에 할 수 있을지도 모르잖아. 어쩌면 한 손으로 할 수 있는 일을 찾을 수도 있고…."

말을 얼버무리는 것을 보니 삼촌도 알고 있다. 한 손으로만 할 수 있는 일이 어디 있다고. 어수선한 마음을 숨긴 채 구인구직 SNS에 올라온 내용을 훑어봤다. 보나 마나다.

"나중에 손 괜찮아지면 그때 같이 봐요. 내가 전화해서 알아봐 줄게요."

그래 줄래? 착잡한 미소였다. 꼭이요, 약속! 흔쾌히 약속하면서도 나는 자신하지 못했다.

가끔 송싸이공 손님들이 일자리 찾는 것을 도와주곤 했다. SNS나 벼룩시장, 거리 전봇대에 있는 구인 광고를 보고 회사에 전화하는 일이었다. 거기 사람 구하나요? 제가 일하는 건 아니고요, 이모

대신 전화하는 거예요. 비자는 없어요. 와서 면접 보라고요? 주소 알려 주세요. 아, 잠깐만요. 거기 시급이 얼마예요?

영진이 할아버지가 돼지 농장에 취업할 때도 그랬다. SNS에 광고를 올린 농장에 전화해서 자세히 알아봐 달라고 할아버지가 부탁했다. 내가 근무 조건이나 월급을 확인하고 기숙사에 돼지 냄새는 안 나는지, 쌀과 반찬거리를 주는지 끈질기게 묻는 데다, 기숙사 사진까지 보내 달라고 하니 그쪽에서 그랬다. 허허 참, 전화한 사람이 대체 누구요? 저는 손녀인데요. 아, 손녀! 손녀가 있으니 내가 더 잘해야겠구먼. 영진이 할아버지는 지금도 그 농장에서 일하고 있다. 그런 전화라면 100번도 더 해 줄 수 있다. 삼촌이 일할 수만 있다면.

삼촌은 방 한가운데 서서 눈을 감은 채 몸을 움직이고 있었다. 코드를 짚는 듯 왼손이 분주하고 오른손은 위아래로 오르내리며 줄을 튕기는 것처럼 보였다. 기타 치는 흉내였다. 기타가 내야 할 소리는 삼촌 입에서 흘러나왔다. 할머니 심부름으로 닭쌀국수를 가지고 갔을 때였다.

"뭐 하세요?"

조용히 음식만 놓고 나올까 했지만, 그랬다가는 국수가 다 식도록 기타를 치고 있을 것 같았다. 갑작스러운 나의 등장에 삼촌이 멈칫하더니 계면쩍게 웃었다.

"어? 언제 왔어?"

"막 왔어요. 쌀국수 가져왔어요. 그런데 삼촌 기타 쳐요?"

"쳤었지. 한국 오기 전에. 돈 좀 벌어서 밴드 활동 열심히 하려고 했는데 이제 다 끝나버렸네."

삼촌은 휴대폰에 담긴 사진을 보여 줬다. 무대에서 공연하는 모습이었다. 이게 나야. 삼촌이 검정 티셔츠를 입고 꽁지머리를 한 기타리스트를 가리켰다. 멋진 모습이었다. 삼촌은 기타 치는 사람이었구나. 손이 망가져서 이제 기타도 못 치겠구나. 내 생각을 읽기라도 한 듯 삼촌이 말했다.

"이젠 기타를 못 치겠지? 노래는 별로라서 보컬은 못 하겠고. 음악을 그만둬야 할까 봐."

대꾸할 말이 생각나지 않았다. 손을 쓰지 않고 연주하는 악기는 없을까. 아무것도 떠오르지 않았다.

"맛있어요. 빨리 드세요."

분위기를 바꾸려고 삼촌을 재촉했다.

"핀란드에 에어기타 대회라는 게 있대."

"에어기타요?"

"응, 기타 없이 기타 치는 시늉만 하는 거래. 세계 여러 나라 사람들이 참가한다더라."

"삼촌도 그 대회 나가려고요?"

"아직 그건 아니고, 그냥 한번 따라 해 본 거야. 혹시 또 모르지.

언젠가는."

흐흥, 내가 웃었다. 삼촌도 웃었다.

단군시장 너머

송싸이공에 베트남 사람들이 모이면서 주변에 다른 가게도 여럿 생겼다. 베트남 사람이 운영하는 식당, 오토바이 가게, 꽃집, 옷가게, 미용실, 네일 아트 숍, 인삼 전문점 같은 것들이 하나씩 문을열어 우리 동네는 작은 베트남 거리가 돼 갔다.

오늘은 할머니들과 함께 미용실에서 샴푸 서비스를 받는 날이다. 송싸이공 건너편 베트남 미용실 이모가 할머니들을 초대했다. 베트남 불교의 어버이날, 부란절 이벤트였다. 은혜에 감사드려야 할 부모님은 멀리 계시니 할머니들의 머리를 감겨드리고 바나나 잎으로 싼 찰떡을 나눠 먹자고 했다. 물론 이 반멋은 할머니들이 만들어 판 것이었다. 이모는 엄마가 가까이 계신 것 같다며 할머니들에게 감사해했다.

많은 베트남 사람이 비슷한 얘기를 한다. 주변 베트남 가게 중에 우리 할머니들처럼 떠들썩하게 손님을 반기고 푸근하게 안아 주는 곳은 없으니까. 할머니들은 상쾌해진 머리로 또 흥겹게 장사를 하러 갔다.

이번엔 보라와 내 차례. 미용실 이모는 한국어를 꽤 잘하는데도 가끔 나에게 통역을 부탁한다. 어려운 말을 해야 하는 일이 생기면 머릿속이 텅 비는 것 같다고 했다. 특히 전화 통화를 어려워했다. 미용실 앞을 지나다 이모에게 불려 들어가 대신 통화를 해 준 게 여러 번이다. 한번은 미용 제품 대금을 잘못 보내 은행에 취소 요청하는 일을 도왔는데, 이모가 무척 고마워하며 내 머리를 손질해 주겠다고 했다. 어차피 생머리라 달리 손질할 필요가 없다고 사양하니, 그럼 샴푸를 하자며 보라와 함께 오라고 했다.

베트남식 샴푸를 직접 해 보는 것은 처음이었다. 그래도 어릴 적 본 기억이 있어 낯설지 않았지만 보라는 무척 신기해했다. 한국 미용실에 있는 샴푸 의자가 아니라 샴푸 침대다. 끝에 세면대가 붙어 있는 길고 좁은 침대 위에 누우니 이모가 따뜻한 물로 머리를 적시고 향이 좋은 샴푸로 거품을 냈다. 이모는 거품이 보글보글한 상태에서 손끝으로 두피를 살살 긁으며 마사지해 줬다.

시원하다, 기분 조오타, 보라가 거푸 추임새를 넣었다. 미용에 관심이 많은 애라 질문도 많았다. 베트남에서는 어떤 화장품이 인기가 있어요, 몇 살부터 화장을 해요, 미용실 차리려면 돈이 얼마나 필요해요. 이모는 아이 질문이라고 허투루 답하지 않고 진지하게 말해 줬다.

"최고예요, 최고!"

보라가 베트남 문화 중 최고라며 엄지를 치켜들고 찬사를 늘어놓았다. 베트남 문화를 다 아는 듯 구는 모양이 웃겼지만 나는 꾹 참고 고개를 끄덕였다.

"그런데 베트남 사람들은 왜 굳이 돈 들여 미용실에서 머리를 감지?"

"글쎄다. 한국 사람들도 비슷하지 않아? 집에서 목욕해도 되는데 굳이 돈 내고 목욕탕에 가잖아. 돈 들여 때도 밀고. 너랑 고모도 그러잖아. 왜 그러는 거야?"

"아… 그러네?"

시장을 중심으로 좁은 길이 거미줄처럼 연결된 우리 동네엔 필리핀, 태국, 캄보디아, 미얀마, 네팔, 방글라데시에서 온 사람도 많다. 여러 나라 말이 섞여 들린다. 낯선 사람이 마주 온다고 해서 유심히 보는 일도 없고, 낯선 말이 들린다고 해서 귀가 예민해지지도 않는다. 처음 이 동네에 가게를 열던 20년 전에는 그렇지 않았다고 타오 할머니가 말했다. 저게 베트남 여자가 하는 가게래, 쌀국수를 판대, 지나는 사람마다 턱짓으로 손가락질로 간판도 없는 가게를 가리켰다고 했다.

한국인이 주인으로 있는 건물에 외국인들이 세 들어 살거나 가게를 하는 형편이니, 지금도 외국인이 이 동네 주인이라고 할 수는 없다. 그래도 외국인이 살기 편한 동네라는 점은 확실하다. 우리 동네에 사는 외국인들은 먹고사는 데 필요한 것을 동네에서 다 구할 수 있다. 태국과 필리핀, 캄보디아는 따로 식재료 가게가 있고, 할랄 식품 가게가 몇 개 있다. 자기 언어로 말할 수도 있으니 두려움이나 불안도 적다.

영진이 영서 남매를 돌보는 란 할머니는 마음 상하는 일을 한번 겪은 뒤로 동네를 벗어나지 않는다. 아이들과 시장을 한 바퀴 돌고 송싸이공으로 쏙 들어오는 것이 정해진 코스다.

큰길 건너편 아파트 단지 경비들은 우리 동네 아이들이 아파트 놀이터에서 놀지 못하게 한다. 외부인 출입을 막고 싶은 사람은 거기 주민들이겠지만, 직접 부딪치고 원망을 주고받는 사람은 경비들이다. 란 할머니는 멋모르고 아이들에게 끌려 놀이터에 갔다가 그 일을 겪었다.

둥근 터널 미끄럼틀을 타고 내려오는 영서를 밑에서 받아 안는데 누군가 어깨를 쳤다. 경비 아저씨였다. 뭐라 말을 하는데 못 알아들은 할머니. 여러 번 얘기해도 계속 못 알아듣자 점점 목소리가 높아진 경비. 여기 돈 내는 덴가? 당황해서 쭈뼛거리는 할머니. 급기야 아이들 등을 밀어내는 경비. 나가라는 말이구나, 그제야 상황을 알아차린 할머니. 골난 표정으로 할머니 손을 잡아끄는 영진이. 할머니는 부끄럽고 마음이 아팠다. 아이들 손을 잡고 나오는 길이

천리만리 멀게 느껴졌다.

길을 건너와 시장 입구에서 보라를 만난 영진이는 입을 삐죽이며 그 일을 고해바쳤다. 미끄럼을 한 번밖에 못 탔는데 아저씨가 그만 놀고 가라 했다고.

"여기 사는 분 아니지요? 이 놀이터에서 놀면 안 돼요. 그만 놀고 가세요."

그 말을 영진이가 고스란히 옮겼다.

"어서 가라고요! 가라고."

여기까지 전해 듣고 보라는 영진이를 꼭 끌어안았다. 네 사람이 분노를 몰고 송싸이공으로 들어왔다. 란 할머니 입에 꽁꽁 묶였던 베트남 말이 터져 나왔다. 놀이터에 다른 아이들도 없는데 좀 놀면 어떠냐고, 그 항변 한마디를 똑똑하게 못 한 것을 분해했다. 영진이는 조그만 입으로 자기가 들었던 말을 또 재생했다. 맞아, 우리 애도 거기서 놀다가 혼났대요. 나도 그 얘기 들었어요. 손님들이 증언을 보탰다.

"애들한테 너무하네. 항의해 볼 수 없나?"

"자기 집에 들어오지 말라는 거잖아. 항의해 봤자 소용없지."

어른들이 여러 말을 주고받았지만 어떤 의지가 느껴지지는 않았다. 화나지만 방법이 없다는 의미다. 마음이 아팠다.

"동생, 그러려니 해. 여기서는 그보다 더한 일도 많아."

타오 할머니가 란 할머니를 위로했다.

한국에 와서 아이들을 돌보기 시작한 지 얼마 안 된 란 할머니는 모든 일이 새롭고 두려웠다. 환영받을 곳과 환영받지 못할 곳을 구분하기 어려웠다. 돌다리도 두드려 보고 건너는 심정으로 매사에 조심했는데도 그런 일을 겪었으니 여간 낙심한 게 아니었다.

"나야 가면 그만이지. 그런데 우리 애들은 여기서 계속 살아야 하잖아요. 나도 이렇게 속상한데 우리 애들 마음은 어떻겠어요."

란 할머니가 푸념했다. 우리 할머니는 씁쓸하게 웃으며 란 할머니에게 사탕수수주스를 내밀었다. 내가 주머니에서 막대 사탕을 찾아 영진이 손에 쥐여 주고 영서에게 줄 사탕을 까는 사이, 영진이가 란 할머니에게 사탕을 내밀며 말했다.

"매, 까 주세요."

영진이와 영서는 란 할머니를 '매'라고 불렀다. 베트남 말로 '엄마'라는 뜻이다. 자기들 엄마가 할머니를 '매'라고 부르니 아이들도 똑같이 따라 했다. 외할머니는 '매'가 아니라 '바응오아이'라고 가르쳐 줘도 아이들은 익숙해진 호칭을 바꾸지 않았다. 우리 애기들 염소야? 매애애, 매애애. 침울한 란 할머니 대신 보라가 사탕을 까 주며 염소 울음을 흉내 냈다. 사탕을 입에 물고 좋아하는 아이들을 껴안고 보라가 무슨 말인가를 속닥이니, 아이들이 방그레 웃으며 고개를 끄덕였다.

"뭐라 했는데 그렇게 좋아해?"

"다음에 더 재미있는 놀이터에 데려가 준다고. 구청 앞에 놀이

터 리모델링 했잖아. 거기는 미끄럼틀도 엄청 크고 미니 집라인도
있어. 우리 아기 염소들 엄청 좋아할 거 같아. 그치?"

보라의 김밥,
지후의 물병

할머니가 오기 전에 우리 집은 한국과 베트남 균형이 잘 맞았다. 각 두 사람씩이었으니까. 그런데 할머니가 와서 은규를 돌보기 시작한 뒤로는 급격히 베트남 쪽으로 기울었다. 할머니의 무게는 상상 이상이었다. 우리 집에서 베트남 말, 음식, 냄새가 점점 강해졌다. 아빠가 다치고 할머니가 송싸이공에서 장사를 하면서부터는 거의 베트남에 푸욱 담긴 모양새였다.

나는 보라에게 미안했다. 보라는 베트남과 아무 관계도 없는 아이였는데, 우리와 가족이 되는 바람에 갑자기 베트남에 둘둘 말려 버렸다. 아빠야 자신이 선택한 것이지만 보라는 자기 선택도 아니다. 이런 말을 보라에게 해 본 적은 없다. 자칫 보라가 제 마음속 깊은 어딘가에 숨겨 뒀을지 모르는 커다란 물주머니를 찌르는 격이 될까 봐 두려웠다.

할머니도 그게 걱정인지 나더러 보라 잘 챙기라고 자주 당부했다. 보라가 안쓰러워 보일 땐 매운 돼지고기 두루치기를 했다. 밥상에 두루치기가 올라오면 보라는 자기를 위한 음식이라는 것을 알고 춤추듯 몸을 흔들며 외쳤다. 꼰 트엉 바웅오아이(외할머니 사랑해요)!

어려서부터 함께 살아서 서로 부담 없는 사이였지만, 보라가 할머니에게 진한 애정을 느끼게 된 건 분명 김밥 때문이었다. 보라가 4학년 때 일이다. 원래 우리 자매 소풍 도시락은 분식점에서 사는 김밥이었다. 몇 번은 김밥을 사다 도시락 통에 옮겨 담아 가져가기도 했는데, 그마저도 귀찮아져 가게에서 포일로 싸서 비닐봉지에 담아 준 그대로 가방에 넣어 갔다.

그런데 보라가 체험 학습을 앞두고 갑자기 김밥을 직접 싸 가겠다고 선언했다. 왜 굳이? 그냥. 엄마가 도와준다는 것을 우리는 거절했다. 우리끼리도 잘할 수 있어! 하지만 김밥 싸는 일은 보통 어려운 일이 아니었다. 미리 준비해 두면 쉴지 모르니 모든 것을 아침에 준비해야 했다. 햄, 맛살, 당근을 볶고, 계란까지 부쳤다. 단무지는 잘린 것을 샀으니 그대로 쓰면 된다. 시금치는 따로 데쳐야 한다고 해서 빼기로 했다.

드디어 김밥을 쌀 차례! 김에 밥을 펼쳐야 하는데 어쩐 일인지 밥알은 비닐장갑을 낀 손에 다 달라붙어버렸다. 김과 밥이 엉겨서

쭈글쭈글해지더니 끝내 한 덩어리가 돼버렸다.

"김발이 없어서 그런가? 이건 그냥 주먹밥으로 먹자."

한 장 포기, 두 장 포기, 또 포기. 식탁은 온통 밥풀투성이가 됐다.

"이러다 김이 안 남겠어. 어떡해!"

엄마는 이미 출근하고 없다. 우리는 점점 울상이 됐다.

"비켜 봐라."

그때까지 말없이 지켜보던 할머니가 나섰다. 할머니는 김 위에 밥을 척척 펴더니 재료를 올리고 또르르 말았다. 마술 같았다.

"대박! 할머니가 이걸 어떻게! 김밥 만들어 봤어요, 할머니?"

보라가 흥분을 감추지 못했다.

"너희들이 김밥 싼다고 해서 어제 김밥집 앞에 서서 봤다. 이까 짓 거 뭐."

할머니는 무심한 얼굴로 김밥을 말았고 보라는 경이롭다는 눈 으로 할머니를 바라봤다.

"우리 할머니 진짜 대단하지 않아? 손이 막 10년 동안 김밥만 만든 사람 같았어."

이때였다. 보라가 할머니를 '우리 할머니'라 부르기 시작한 것 이. 그날 저녁 보라에게 물었다.

"왜 굳이 김밥을 싸야 했던 거야?"

"친구들이 사 오는 김밥 맛없다고 집에서 싸는 게 최고라고, 그 런 말 하다가 내 눈치를 보는 거야. 야, 그만해. 보라는 집 김밥 싸

오기 힘들잖아. 칫, 내가 못 싸 갈 줄 알았지?"

보라의 목소리가 발랄했다.

보라는 가끔 예민하다. 지하철 플랫폼 기둥에 붙어 있는 시를 골똘히 읽던 보라가 말했다.

"참 이상하네. 분명 엄마가 낳았는데 왜 아빠가 낳았다는 거지?"

> 아버님 날 낳으시고 어머님 날 기르시니
>
> 두 분 곧 아니시면 이 몸이 살았을까?
>
> 하늘 같은 은덕을 어디에다 갚을까?
>
> _정철

"옛날 아버지들은 자식을 직접 낳았다는 거야, 뭐야?"

"이상하긴 하네. 아… 근데 뭐 내 이야기네. 아빠는 정자만 줬으니까. 군이 말하자면 나를 낳아 준 거밖에 한 일이 없고 엄마가 혼자 길렀지. 아니다, 할머니가 날 기르셨지."

"그럼 나는? 어머니 날 낳으시고 고모님 날 기르시니, 그래야 맞는 거지?"

동의를 구하듯 보라가 나를 바라봤다. 끄덕!

"암튼 아버지 날 낳으시고는 아닌 걸로! 흥!"

콧물이 튀어나올 만큼 세게 콧방귀를 뀐 보라는 지하철에 올라 탔다. 씩씩하다, 내 동생! 보라가 의기소침해졌을까 봐 잠시 걱정한 것이 무안할 지경이었다. 그 시가 본래 어떤 의미로 쓰였든 상관없다. 어쩌면 남들은 다 아버지가 낳고 어머니가 기르는데, 우리가 다르게 사는 건지도 모른다. 우리가 다르다는 것은 이상하지도 나쁘지도 않았다.

수아는 엄마가 베트남 사람이래.
수아는 베트남에서 할머니 손에 자랐대.
수아 아빠는 새아빠래.
보라는 엄마가 일찍 죽었대.
보라 새엄마가 베트남 사람이래.
보라는 베트남 사람들 속에서 산대.

남들이 뒤에서 무슨 말을 하는지 안다. 모두 사실이다. 사실은 사실이니까 괜찮다. 괜찮지 않은 것은 그 때문에 뭔가 부족하고 자격이 안 되는 사람으로 여기는 거다. 그런 느낌을 받을 때 나보다 보라가 더 열을 냈다. 왜! 달라서 뭐! 뭐가 문제야!
온몸으로 소리치는 보라에게서 나는 어떤 힘을 느꼈다. 밀려나지 않으려고 버티는 힘 말이다. 그럼 나는 어떠냐고? 나는 옆에서 그걸 보는 조용한 관찰자. 친한 친구들은 이런 나를 두고 애늙은이라고 했다. 자기들과 다르게 진중함이 느껴진다나.

"어… 그래? 내 인생이 파란만장해서 그런 거 아닐까?"

"네 인생이 뭐가 파란만장해?"

"왜 이래. 파란만장 그 자체라고. 니들이 베트남에서 자라 봤어? 니들이 울면서 한국말 외워 봤어? 니들이 도박 중독 아빠 둬 봤어? 그런 게 다 파란만장한 거야."

야아, 장난하지 마, 친구들은 내 어깨를 찰싹찰싹 때리며 깔깔거렸다.

아, 진짜라고!

후이엔 이모와 지후가 팔짱을 끼고 송싸이공에 들어왔다. 할머니들이 저마다 웃는 낯으로 지후를 반겼다. 며칠 새 키가 더 컸네, 내 인사에 지후가 헤벌쭉 웃으며 두둠칫 어깨춤을 췄다. 쾌활한 웃음이 작은 가게를 가득 채웠다. 두 사람은 쌀국수와 반미를 주문하더니 얼굴을 맞대고 대화를 이어 갔다.

"엄마, 내 친구 해수 알지? 걔는 열다섯 살 되면 바로 아르바이트 할 거래. 돈 모으면 집 나가서 고시원에 살 거래."

"왜?"

"집이 싫대. 엄마도 싫고 다 싫대. 도망가고 싶은가 봐."

"해수가 왜 그러지? 집 나가고 싶을 때는 네 방에 와서 자라고 해도 돼."

"알았어."

"혹시 너도 독립하고 싶은 거야? 지금 바로 일할 수 있게 엄마가 사인해 줄까?"

"뭐래. 해수는 지네 엄마랑 사이가 안 좋잖아. 나는 엄마랑 사는 거 좋아. 엄마가 빨래, 청소 다 해 주는데 내가 왜 나가?"

"겨우 빨래, 청소 때문이었어? 참 나… 근데 너 내가 남자친구랑 결혼해도 같이 살 거야?"

"당연하지."

"그럼 네가 먼저 결혼하면 나 데리고 갈 거야?"

"아니, 그건 안 되지."

"왜 안 돼? 내가 결혼하면 너 데려가는데 네가 결혼하면 왜 엄마 안 데려가?"

"엄마, 그게 말이 된다고 생각해? 내가 엄마 데려가면 내 와이프도 자기 엄마 데려온다고 할 텐데, 어떻게 그렇게 살아?"

"흥!"

"알았어, 알았어. 정 그러면 내가 와이프한테 한번 물어보기는 할게."

"어이구, 됐다 됐어."

두 사람이 장난을 주고받으며 키득거렸다. 어이없는 대화에 나도 픽 웃었다. 후이엔 이모는 남자친구가 생기거나 헤어지면 제일 먼저 지후에게 말한다고 했다. 지후는 축하한다는 등, 그 사람 자기도 별로였다는 등 꼭 친구를 대하듯 엄마에게 말했다. 지후도 여자친구가 생기면 제일 먼저 엄마에게 말하기로 했는데 아직 그런 일이 없다.

"내가 너무 작고 뚱뚱해서 여친이 없어. 애들이 나 좋아하는 건 재미있어서 그런 거지 진짜 좋아하는 거 아니야."

지후와 같은 반인 보라의 증언에 따르면, 지후는 자기네 반 공식 개그맨이란다. 쉬는 시간만 되면 아이들이 지후 곁으로 모여들어 개그 좀 해 달라고 부탁한다고. 그 인기를 다 누리면서도 지후는 여자친구 없는 것을 늘 슬퍼했다. 그런 지후가 요즘 갑자기 키가 자라고 있다. 그간 살로 차곡차곡 쟁여 뒀다가 이제 키로 올라가는 거라고 할머니들이 말했다.

지금 두 사람이 즐겁게 사는 것을 보면 다 거짓말 같지만, 후이엔 이모는 혼자 지후를 키우느라 고생을 많이 했다고 한다. 특히 전남편의 폭력 때문에 힘들었다. 매일 살얼음 위를 걷는 것처럼 위태롭게 살다 결국 맨발로 아기만 안고 도망 나오는 지경이 됐다. 타오 할머니의 배려로 송싸이공에서 아르바이트를 하다가 회사에 취직했다.

이를 악물고 악착스레 일하며 하루하루 생활을 꾸려 가는 동안 지후는 잔병치레 없이 잘 자랐다. 이모가 잔업 하는 날은 타오 할머니나 민아 언니가 어린이집에서 지후를 데려와 저녁을 먹였다. 송싸이공도 사정이 있어 문 닫은 날이면, 지후는 정육점 할머니 곁에 앉아서 같이 돼지고기를 팔았다. 이모는 정육점 할머니를 한국 엄마라고 부른다.

이모가 정말 많이 힘들 때, 지후는 베트남 외가에 보내져 몇 달씩 지내다 오기도 했다. 어릴 때 부모님이 이혼했고 베트남에서 지낸 시간이 있다는 공통점 때문인지 지후와 나는 뭔가 통하는 것이 있었다. 후이엔 이모는 우리 집 삼 남매에 지후까지 얹어 사 남매라며 지후를 쓱 밀어 넣고 어깨를 으쓱거렸다.

이모는 아주 재미난 사람이다. 한국에 단체 여행 오는 베트남 관광객을 안내하는데, 개그맨처럼 관광객을 웃기며 쥐락펴락하는 모양이었다. 처음에는 가이드 자격증 없이 시작한 일이었지만 죽을 둥 살 둥 공부하더니 자격증을 땄다. 이모가 한 미모 하는 데다 패션 감각도 좋아서 관광객들은 이모가 입은 옷이나 가방, 화장품을 어디서 살 수 있는지 궁금해한다고 했다.

"너도 베트남어 한국어 자유롭게 하니까 자격증 따서 가이드 해 봐."

후이엔 이모가 내게 하는 말인데, 나는 망설여진다. 아무리 봐도 관광 가이드가 쉬운 일은 아닌 것 같았다. 이모는 공항에 손님을 마중 나가느라고 밤이고 새벽이고 출근했다. 밤에 나가느라 잠든 지후를 우리 집에 안고 와서 아침에 학교 보내 달라고 부탁하는 일도 많았다. 손발에 동상이 걸려 있어 왜 그런지 물으니, 전시장 같은 곳에 관광객들 들여보내고 자기는 표가 없어 추운 데서 떨어 그렇단다. 그렇게 고생하는 일 나는 안 할래요, 하니 이모가 그랬다.

"세상에 쉬운 일은 아무것도 없어. 무슨 일이든 다 정성 들이고 노력하고 인내해야 하는 거야."

지후가 혼자 일어나 학교에 가고 혼자 빈집에 밤늦도록 있는 날이 많아지자 이모는 신박한 꾀를 냈다. 집에 물병을 딱 두 개만 준비해 두고 물이 떨어지면 가까운 송싸이공 정수기에서 받아 가는 것이다. 이모가 알뜰해서 돈을 아끼려고 정수기를 설치하지 않았냐면, 그게 아니었다. 지후가 송싸이공에 자주 드나들게 하려는 계책이었다.

물 받아 가는 일은 유치원 다닐 적부터 지후 몫이었다. 이모가 늦을 때도, 간혹 며칠씩 출장을 가야 할 때도 지후는 물병을 들고 송싸이공에 가서 안전하게 잘 지내고 있음을 타오 할머니에게 확인받았다. 송싸이공 할머니들이 팀을 이룬 뒤로는 공동으로 지후를 돌보는 셈이 됐다. 밥을 챙겨 먹이고, 등하교를 제시간에 하는지 지켜봤다. 옷이나 가방이 깨끗하지 못하면 길에서 붙들어 물수건으로라도 닦아 보냈다.

지후는 베트남어도 곧잘 하는 데다 넉살도 대단해서 할머니들에게 큰 사랑을 받았다. 지후 외할머니가 잠시 한국에 다니러 왔다가 송싸이공 할머니들과 죽이 맞아 아주 눌러앉을 뻔했는데, 그때 외할머니가 전한 강아지 사건은 송싸이공에서 오래 웃음 소재가 됐다. 지후가 예닐곱 살 때쯤 이야기다.

"지후, 이제 자야지. 목욕해라."

"싫어요. 안 할래요."

"하루 종일 그렇게 뛰어놀고 몸이 끈적끈적한데 왜 목욕을 안 해?"

"강아지들은 나보다 더 더러운데 목욕 안 하잖아요. 나도 안 해요."

"인석이! 네가 강아지냐?"

"강아지 맞아요. 멍멍."

그러고는 강아지들 옆에 벌렁 누워 뒹굴뒹굴했다는 지후.

친정어머니가 갑작스럽게 병으로 돌아가신 뒤 후이엔 이모는 마치 엄마를 사랑하듯 할머니들을 챙겼다. 밖에서 맛있는 음식이 보이면 사 오고, 할머니들에게 적당한 고무줄 바지가 보이면 몇 개나 사 들고 왔다.

이모가 또 할머니들 옆에 앉아 마늘을 까며 응석 부리고 있다. 네일 아트를 한 반짝이는 긴 손톱 때문에 마늘이 쉽게 까지지 않았지만 이모는 끈질기게 마늘을 붙들었다.

"내가 지후한테 진짜 고마워요. 이렇게 엉망으로 키우는데도 어떻게 애가 저렇게 잘 컸지? 지후 아기 때요, 출근해야 하니 마음은 급하지, 지후가 우유 빨아 먹는 데 오래 걸리지, 내가 아주 죽을 것 같았어요. 그래서 내가 우유병 꼭지를 가위로 잘라 구멍을 뻥 뚫었거든요. 그걸 애 입에 물리고 빨리 먹어 빨리 먹어 하니까, 지후가 벌컥벌컥, 그 조그만 애가 먹고 살려고 벌컥벌컥 삼켜요. 그 생각만 하면 마음이 너무 아파요. 지금 이런 얘기 해 주면 애가 또 그래요. 엄마 나도 행복했어. 다 괜찮아. 이런다니까요. 무슨 애가 사춘기도 없어요. 내가 지후 때문에 살아요."

나까지 코가 찡했다. 어쩔 수 없다. 지후를 받아들여 그냥 사 남매가 돼야 할까 보다.

이모는 돈을 모아 좀 나은 집으로 이사 가고 싶어 했다. 큰 집을 원한다기보다 그럴듯한 주방이 있으면 좋겠다는 이유였다. 지금 두 사람이 사는 집에는 한 칸짜리 싱크대가 놓여 있었다. 라면 정도 끓여 먹으면 딱 좋은 크기다.

이모는 요리라면 자신 있다고, 네 할머니만큼 잘한다고 자랑했지만, 사실 나는 이모의 요리를 한 번도 먹어 본 적이 없다. 내 기억에 이모는 매일 바빴고 집에서 요리 같은 걸 하는 사람이 아니었다. 오죽하면 지후가 햄버거나 치킨은 너무 질려서 꼴도 보기 싫다고 할까.

"이모가 요리 잘한다는 거 완전 뻥이지?"

"아냐, 진짜야. 둘이 먹다 하나 죽어도 모른다니까!"

지후는 작년에 먹었다는 된장찌개에 대해서 영혼을 담아 이야

기했다. 그 된장찌개를 맛보려면 지후네가 주방이 갖춰진 집으로
이사 갈 날을 기다려 볼 일이다.

1968년

손님이 많아 나까지 가게에 불려 나갔던 토요일 오후였다. 한바탕 손님이 지났다. 우리 할머니는 쌓인 설거지를 하고, 프엉 할머니는 채소를 다듬어 썰고 있었다. 그때 스르륵 문이 열리더니 지팡이를 짚은 할아버지가 가게로 들어왔다. 한국 할아버지였다.

저어… 안녕하세요, 하는 인사에 타오 할머니가 나서서 응대했다. 안녕하세요, 뭐 찾으세요? 베트남 며느리에게 줄 음식을 사러 가끔 할아버지들이 온다. 그런 할아버지일 거라고 생각했다. 할아버지는 잠깐 뜸을 들이듯 숨을 후우우 내쉬고 말했다.

"뭐 사러 온 것은 아닙니다."

정중한 말투였다. 탁자를 닦던 손을 멈추고 나는 그 손님을 바라봤다. 할아버지가 지팡이를 짚은 손에 한 손을 마저 올리고 허리를 꼿꼿하게 세웠다. 가게 안을 천천히 둘러보며 또 크게 심호흡하고 말했다.

"바쁘신데 죄송합니다. 저는 이 근처에 사는 사람인데 여기 오면 베트남분들을 만날 수 있다고 해서 왔어요."

"예, 우리 다 베트남 사람이요."

타오 할머니가 바닥에 놓인 물건 박스를 발로 밀어 놓고 공손한 자세를 취했다.

"저어… 제가 전에 베트남에 갔던 적이 있어요. 오래전에요."

"여행 갔어요? 언제요?"

"아뇨, 여행이 아니라 다른 일로요. 68년 일이었어요."

"1968년이요?"

타오 할머니가 또박또박 되물었다. 고개를 끄덕인 할아버지는 또 뜸을 들이더니 말을 이어 갔다.

"저 노인이 뭐라는 거냐?"

빠르게 칼질하며 심드렁하게 묻는 프엉 할머니의 질문에 나는 오가는 대화를 통역하기 시작했다.

"베트남분들에게 미안하다는 말을 꼭 해야겠는데, 베트남까지 갈 형편이 못 돼 여기로 왔습니다. 갑자기 와서 미안합니다."

할아버지가 눈을 아래로 내려 바닥을 보며 천천히 말했다.

"그해 제가 꽝남에서 아주 몹쓸 짓을 했어요."

그 말과 함께 할아버지는 타오 할머니를 향해 허리를 깊이 숙였다. 지팡이를 짚은 손이 와르르 떨렸다. 들리는 대로 통역하며 할아버지를 잡아 드려야 하나 생각하던 중이었다. 순간, 프엉 할머니가 흐엇 하고 작은 소리를 냈다. 할머니를 돌아보니 도마가 붉게 물들고 있었다. 피가 뚝뚝 떨어지는 손.

"할머니, 손!"

내 외침에 두 할머니도 고개를 돌려 그 모습을 봤다. 아이고, 달려들어 수건으로 손을 감쌌지만 깊이 베였는지 수건도 금세 붉게 물들었다. 타오 할머니가 급히 한 손으로 프엉 할머니의 다친 쪽 팔을 받쳐 올리고, 한 손으로는 어깨를 감싸 안으며 밖으로 데리고 나갔다.

병원, 병원 하고 외치는 타오 할머니 목소리에 뛰어나온 순댓국집 아저씨가 자기 차에 어서 타라고 나섰다. 우왕좌왕하던 상황이 정리되고 가게 안으로 들어오니 할아버지가 여전히 서 있었다. 나는 할아버지에게서 눈을 떼지 않으며 의자를 끌어다 앉으시라고 했다.

"말씀하시던 중인데 죄송해요. 이런 일이 별로 없는데…."

"이런… 미안합니다. 제가 실수한 게 아닌지…."

할아버지가 미간을 찌푸렸다. 고통스러운 얼굴이었다. 입을 몇 번 달싹였지만 더는 말을 꺼내지 못하고 지팡이를 짚으면서 일어섰다.

"죄송합니다. 나중에 다시…."

할아버지는 허리를 굽혀 인사하고 발걸음을 느리게 옮겼다. 우리 할머니가 말없이 그 모습을 바라봤다. 나는 지팡이를 짚고도 잘 걷지 못하는 할아버지를 부축해서 도로까지 나가 택시를 잡아 드렸다. 얼마나 떠시던지 한쪽 팔을 잡은 내게까지 드드드 하는 진동이 전해질 정도였다.

프엉 할머니는 한동안 장사를 하지 못했다. 다친 상처가 깊어 할머니들이 장사를 말리기도 했지만, 무엇보다 마음이 심란해 보였다. 할머니는 장사를 못 하는데도 가게로 나와 시간을 보냈다. 밤낮으로 집에 있는 사위와 마주하기 어려워서였다. 평소 쾌활하던 할머니는 다른 사람이 됐다. 우두커니 앉아 있을 때가 많았고 깊은 한숨을 쉬는 일도 잦았다. 할머니들은 프엉 할머니의 끼니를 챙기며 가끔 등을 토닥였다.

그 할아버지가 무슨 잘못을 한 걸까요? 내 질문에 할머니들은 애매한 표정을 지었다. 뭔가 아는 것 같은데 내게는 말해 주지 않았다. 학교 간 사이 그 할아버지가 올까 봐 조바심이 났다. 일주일, 또 일주일이 지나도 할아버지는 오지 않았다. 어쩌면 다녀갔는데 나에게만 말을 안 했을지 모른다.

그 일은 조용히 잊었다. 프엉 할머니는 다시 장사를 시작했고, 새해에 작은손녀 연희가 초등학교에 들어가는 것을 보고 베트남으로 돌아간다는 계획도 세웠다.

"진희네 아빠 좋겠다. 이제 베트남 냄새 걱정 안 해도 되겠네. 근데 애들은 누가 돌본대?"

"그러게."

보라가 깨죽거렸고 나도 뚱하게 대꾸했다. 갑자기 은둔자가 된 아저씨가 아이들에게 신경이나 쓸지 모르겠다.

집에 있는데 할머니에게서 전화가 왔다. 통역이 필요하니 송싸이공으로 오라고. 타오 할머니가 안 계신가, 생각하며 가 보니 역시 우리 할머니와 란 할머니뿐이었다. 가게에는 한 아주머니가 와 있었다. 말쑥하게 차려입은 것을 보니 편하게 장 보러 온 사람은 아닌 듯싶었다.

"학생이 통역해 줄 수 있어요?"

"예, 말씀하세요. 전해 드릴게요."

아주머니는 두 손바닥을 공손하게 펴서 손끝을 할머니들 쪽으로 내밀었다가 자기 맞은편 의자 쪽으로 돌렸다. 와서 앉으시라는 손짓이었다. 할머니들이 다가가 탁자 앞에 앉았다. 짧은 이야기가 아니라는 것을 직감하고 나도 의자에 앉았다.

"저어… 작년 가을에 할아버지 한 분이 여기 오셨지요? 지팡이 짚은."

아! 예! 맞아요! 할아버지를 기다리고 있던 나는 반갑고 다급한 마음에 벌떡 일어섰다가 아차 하며 도로 앉아 말을 옮겼다. 할머니들은 서로 눈길을 주고받더니 천천히 고개를 끄덕였다.

"제가 그 딸인데요, 아버지가 저한테 꼭 다시 찾아뵈라고 당부하셨어요."

"아버님이 몸이 안 좋으신 것 같았는데 잘 지내시나요?"

우리 할머니가 물었다. 할머니도 그 일을 잊지 않고 있었던 것이다.

"아버지는… 얼마 전에 돌아가셨어요."

뜻밖의 말이었다.

"돌아가셨어요? 무슨 일이 있었나요?"

좀처럼 나서는 일이 없는 란 할머니가 물었다.

"심장이 안 좋으셨어요. 아버지가 얼마 못 사신다는 걸 알게 된 뒤로 베트남 이야기를 꺼내시더라고요."

"베트남에서 안 좋은 일을 했다고 하셨는데, 혹시 무슨 일인지 알아요?"

"예, 그 말씀을 드리려고 온 거예요. 그때 아버지가 사죄하려고 찾아뵀는데 여기 계신 분이 크게 다쳐서 말씀을 못 드렸다고 들었어요. 다시 오고 싶으셨지만 기회가 없었어요. 상태가 갑자기 안 좋아지셔서 병원에 입원했다가 그대로 돌아가셨거든요. 저한테 꼭 다시 찾아뵙고 용서를 빌라고 하셨어요."

우리 할머니가 작게 한숨을 내쉬며 란 할머니를 바라봤다. 란 할머니도 어두운 표정이었다.

"그래요. 이야기해 보세요."

"아버지는 젊을 때 군인으로 베트남 전쟁에 가셨어요. 꽝남성에서 작전하다가 많은 민간인을 죽게 했대요. 베트남에 가서 희생당하신 분들 가족이라도 찾아뵙고 싶었지만 용기가 없어서 가지 못했대요. 망설이다 시간만 다 가고 늙어버렸다고요. 그래서 여기에 왔었대요. 베트남분 누구에게라도 사죄드리고 싶어서요. 그런데 다친 분이 어쩌면 당신 이야기에 놀라서 다친 건지도 모르겠다고, 내가 내 마음 편하려고 갔다가 그분을 또 다치게 한 것 같다고, 너라도 꼭 다시 가 봐라, 하셨어요. 거기 나이 드신 분들이 계시니까 말씀드리면 다 아실 테니 그분들 뵙고 꼭 사죄드리라고…."

오랫동안 말이 끊겼다가 다시 이어졌다.

"정말 죄송합니다. 아버지를 대신해서 제가 사죄드립니다."

아주머니가 의자에서 일어나 깊이 허리를 숙였다. 그 모습을 할머니들이 착잡한 얼굴로 바라봤다.

"정작 그 사과를 받아야 할 사람은 이제 가고 없어요."

"네? 프엉 할머니요?"

내 물음에 할머니는 대답 대신 내 손을 다독거리며 어서 통역하라는 눈짓을 보냈다.

"아버지가 혹시 꽝남 어디라고 얘기 안 하시던가요?"

"아니요. 그것까지는… 꽝남이라고만 하셨어요. 그런 일이 다른 곳에서도 있었나요?"

"아주 많은 곳에서 있었지요…. 프엉 언니는 꽝남성 디엔반시에 살았는데 그때 가족을 다 잃었대요. 혼자만 살고 어머니 아버지며 언니 오빠가 한꺼번에 죽었다데요. 아버님이 오셨을 때, 언니가 하필 칼질하던 중에 그 말을 듣는 바람에 손을 다쳤어요. 가슴에 묻어 두고 살았는데 그 무서운 기억이 다시 떠오른다고 한참 힘들어했어요."

"아… 세상에… 죄송해요. 정말 죄송해요…."

아주머니의 얼굴이 붉어지고 눈에 눈물이 차올랐다. 두 할머니도 눈물을 찔끔거렸다. 어른들이 내 통역으로 이야기를 나누고 있었지만, 정작 나는 그 대화의 무게를 알지 못했다. 침묵이 흘렀다.

"얼마나 힘드셨을까요… 그분께 또 폐를 끼쳤네요. 그분은 어디로 가셨나요?"

아주머니가 코를 훌쩍이며 물었다.

"베트남으로 돌아갔어요."

"아…."

아주머니는 결국 울음을 쏟았다. 진정하기를 기다려 할머니가 말했다. 그 뜻을 충분히 알았다고, 프엉 언니에게 잘 전하겠다고. 아주머니가 몇 번이나 머리를 숙여 인사하고 떠났다. 또 따라가서 택시를 잡아 드려야 하나 싶어 지켜보니 무겁고 느리지만 흔들림 없이 걸음을 옮기고 있었다. 나는 문을 닫고 돌아서서 할머니를 향해 물었다.

"왜 한국 군인이 베트남에서 사람을 죽여요? 프엉 할머니 가족이 진짜 다 죽었어요?"

"놀랐지? 괜히 너를 불렀구나. 그 할아버지 딸인 줄 알았더라면 안 불렀을 건데."

"놀랐다기보다 궁금해서… 그런데 할머니는 이미 다 알고 있었던 거예요?"

할머니가 천천히 말을 시작했다. 란 할머니는 내 손을 끌어 탁자 앞에 앉혔다.

"베트남이 남북으로 갈라져서 전쟁한 거 알지? 미국과도 싸우고."

"알죠. 역사 시간에 배웠어요."

"그때 한국 군인이 베트남에 왔어."

"그것도 배웠어요. 미국 요청으로 한국이 참전해서 외화를 많이 벌었다고요."

베트남 이야기라 솔깃해서 들었던 내용이었다.

"학교에서 그런 걸 다 배웠어?"

할머니는 잠시 눈을 감았다. 할 말을 정리하려는 것일 테다.

전쟁 때 남쪽 편을 들어 참전했던 미국을 따라 한국 군인들이 들어왔다. 어쩐 일인지 한국군이 마을 사람들을 죽였다. 그런 일이 여러 마을에서 벌어졌고 마을 전체가 몰살당한 경우도 있었다. 때마침 심부름을 다녀온 프엉은 자기만 빼고 온 가족이 목숨을 잃었다는 걸 알게 됐다. 마을 사람들 100여 명이 같이 죽었다.

프엉의 가슴속에 불덩이가 생겼다. 그것을 평생 안고 살았다. 세월이 속절없이 흘러, 꿈에도 상상하지 않았던 일이 벌어졌다. 막내딸 히엔이 한국인과 결혼한 일이나, 그 딸을 도우러 자신이 한국까지 오게 된 일 말이다.

프엉은 자기 삶에 다시 등장한 한국이 두려웠다. 점점 삐뚤어지는 못난 사위는 멋모르고 자꾸 불씨를 들쑤셨다. 노인에게서 '꽝남' 소리를 듣던 순간 프엉은 심장을 찔린 듯한 아픔을 느꼈다. 한국을 더는 견딜 수 없었다.

"프엉 할머니가 히엔 이모한테 자세한 얘기는 안 했던 거예요?"

"히엔이 제 남편 때문에 죄스러워하는 걸 아니까 아무 말도 못 했던 거지. 막내라 워낙 애지중지하기도 하고. 원래 부모 마음은 그런 거야. 자식 힘들게 하는 것보다 차라리 내가 견디는 게 낫지."

히엔 이모에게 엄마를 베트남으로 보내 드리라고 한 사람은 우리 할머니였다. 네 엄마가 다쳤던 날 있잖니, 하고 시작해서 불덩이며 심장을 찌르는 아픔까지. 그간 프엉 할머니가 말없이 견뎌 온 고통에 대해 말해 줬다. 히엔 이모는 주먹을 움켜쥐고 울었다고 한다. 그런 줄 몰랐어요. 전혀 몰랐어요. 오래전 일이라 이제 다 잊은 줄 알았어요. 엄마가 실수로 다친 거라고 해서 진짜 그런 줄 알았어요. 우리 엄마 불쌍해서 어떡해. 엄마 미안해요. 미안해요.

"한국 군인들이 왜 사람들을 죽였대요?"

"그걸 누가 알겠니. 베트콩한테 공격받은 게 분해서 마을에 분풀이한 거라고도 하고, 마을 사람들 사이에서 베트콩을 골라내기 어려우니 다 죽인 거라고도 하더라."

"베트콩이 뭔데요?"

"베트남이 남북으로 갈라졌을 때, 남쪽 정부는 부정부패가 심하고 무능한 데다 사람들을 못살게 굴었어. 그래서 남쪽 사람들이 군대까지 만들어서 정부에 맞서 싸웠지. 그이들을 베트콩이라고 불렀고. 베트콩은 북쪽 군대와 힘을 합쳐 미국을 몰아내고 베트남을 통일했단다."

불현듯 생각났다. 어릴 적 할머니가 자주 보던 앨범 속의 사진. 전쟁 때 돌아가셨다는 할머니의 아버지.

"증조할아버지는 어느 편에서 싸웠던 거예요? 남쪽? 북쪽?"

얘가 그걸 다 기억하고 있네? 할머니 눈이 동그래졌다.

"내 아버지도 베트콩이었지. 학교 선생으로 있으면서 몰래 일하다가 전쟁 막바지에 군대로 들어갔는데, 해방 직전에 전사하셨다는 소식이 왔어. 어머니가 소리도 못 내고 옷섶을 쥐어뜯으며 끅끅 우시던 모습이 지금도 눈에 선하다."

그 말을 하며 할머니는 자기 옷자락을 움켜쥐었다.

할머니가 내 나이일 때 일이다. 그렇게 오래된 일을 할머니는 어제 일처럼 분명하게 기억하고 있었다. 내게는 마치 6·25 전쟁

이야기처럼 까마득하게 들리는데, 전쟁을 직접 겪고 가족을 잃은 할머니들에게는 지금도 생생한 일인가 보다. 프엉 할머니가 '꽝남' 한마디에 손을 베일 정도였으니 말이다.

강제 추방

모처럼 한가한 송싸이공으로 레 언니가 다급하게 들어왔다. 얼마나 빨리 뛰어왔는지 헉헉대느라 한참이나 말을 꺼내지 못했다. 송싸이공에서 국수를 먹고 있던 후이엔 이모가 언니를 의자에 앉히고 물을 가져다줬다.

"도와주세요! 하이빈이 경찰에 잡혀가요."

레 언니는 어학원에서 한국어를 배우고 있고 하이빈 언니는 대학에서 유아교육을 공부한다. 고향 친구인 두 사람은 송싸이공 근처에 방을 얻어 함께 산다.

"하이빈이 무슨 일로 경찰에? 뭘 잘못했어?"

"아니요, 별로 잘못한 것도 없어요. 정말 아무 일도 아닌데 잡아간대요."

레 언니가 울먹이며 사정을 이야기했다.

오늘 두 사람은 베트남 음식을 먹기로 하고 같이 식당으로 가는 길이었다. 하이빈 언니는 길가에 세워져 있던 전동 킥보드를 보더니 타고 가면 편하다며 올라탔다. 걸어가는 레 언니 속도에 맞춰 가다 서다 하다가, 과일 가게와 나란히 붙은 식당 앞에 킥보드를 세우고 뒤돌아보며 말했다. 이 식당에서 먹을까?

그때였다. 마침 과일 가게에서 사과를 사 가지고 나오던 한 할머니가 있었다. 할머니는 비닐봉지를 열어 사과를 살피느라 킥보드를 보지 못했다. 하이빈 언니도 할머니를 보지 못했다. 툭, 할머니 발이 킥보드 앞바퀴에 걸렸다. 할머니가 쿵 넘어지며 바닥에 무릎을 찧었다. 천만다행하게도 두 손으로 바닥을 짚었다. 사과 봉지가 철퍽 바닥을 치고 사과 몇 알이 데구루루 굴러 나왔다.

뒤따라가던 레 언니는 그 광경을 고스란히 봤지만, 워낙 순식간에 벌어진 일이라 손으로 앞을 가리키며 앞에! 앞에! 하고 소리친 것이 다였다.

두 사람은 할머니를 부축해 일으켰다. 손바닥이 약간 까졌으나 피가 나지는 않았다. 할머니는 무릎을 문지르며 말했다.

"내가 한눈파느라 못 봤어. 별로 안 아파, 괜찮아."

사과를 주워 봉투에 담아 내미는 언니들에게 할머니는 고맙다 말하고 돌아서서 걸어갔다. 하아… 다행이다. 한동안 할머니를 지켜본 언니들은 안심하고 식당으로 들어갔다. 그러나 밥을 다 먹기도 전에 할머니와 한 남자가 식당으로 들어왔다. 이 아가씨들이야? 하는 걸걸한 목소리와 함께.

집에 도착한 할머니가 바지를 올려 보니 무릎에 검푸른 멍이 올라오고 있었고, 자초지종을 들은 아들이 교통사고라며 자기 어머니를 차에 태우고 식당으로 왔던 것이다. 두 사람은 더럭 겁이 났다. 아들이 말했다.

"확실한 것이 서로 좋잖아. 병원에 가서 검사해 보는 게 낫겠지?"

동의를 구하는 듯했지만, 두 사람에게는 선택권이 없었다. 예… 기어들어 가는 목소리로 대답한 두 사람은 같이 차를 타고 병원으로 갔다. 괜찮은 것 같지만 그래도 사진을 한번 찍어 보죠, 상처를 살펴본 의사가 말했다. 할머니가 엑스레이를 찍는 동안 아들이 말했다.

"혹시 모르니까 경찰에 기록을 남기는 게 좋겠어."

하이빈 언니는 화들짝 놀라서 애원했다.

"제가 병원비 다 낼게요. 경찰에는 연락하지 말아 주세요. 부탁드려요."

"아니 왜? 나중에 문제가 생길 수도 있잖아. 경찰에 신고해 놓는 게 서로 좋은 거야."

"아니, 아니, 제발요. 신고하지 말아 주세요. 제가 보상도 다 해 드릴게요."

"학생이라며. 경찰에 신고해도 학교 다니는 데 아무 지장 없어."

아들이 휴대폰을 꺼내 들었다. 주저 없이 112를 누르는 손을 하이빈 언니가 붙잡으려 했으나 아들은 가볍게 몸을 돌렸다. 뼈에 아무 이상이 없다는 의사 말을 듣고 할머니는 민망한 웃음을 보였다.

"아가씨들 미안해요. 별로 다치지도 않았는데 괜히 병원까지 왔네."

상황이 심상치 않자 레 언니에게 하이빈 언니가 빠르게 속삭였다.

"빨리 송싸이공에 가서 도와달라고 해 줘. 나 비자 끝났잖아. 경찰이 오면 문제 생길 수 있어."

하이빈 언니의 비자는 얼마 전에 끝났다고 한다. 돈이 부족해 이번 학기 등록을 하지 못했고 비자도 연장하지 못했던 것이다. 작은 회사를 운영하는 부모님에게 어려운 일이 생겨 등록금을 받지 못했다. 스스로 등록금을 마련하려고 수업까지 빼먹어 가며 순대 공장에서 일했지만 때맞춰 돈을 마련하지 못했다. 레 언니는 송싸이공으로 달려왔다.

후이엔 이모가 물었다.

"그래서 지금 하이빈은 어쩌고 있는데?"

레 언니가 하이빈 언니에게 전화해서 상황을 물었다. 그사이 경찰이 왔고 신분증을 보여 달라고 해서 외국인등록증을 꺼내 보여 주니, 비자 끝났네? 하며 파출소로 데려갔다고 한다.

"파출소?"

하고 외치며 후이엔 이모가 벌떡 일어섰다. 레 언니와 나도 따라 일어섰다. 밥도 먹다 말고 잡혀갔으니 그걸 어쩐다니, 그 와중에 타오 할머니는 하이빈 언니에게 주라며 주섬주섬 음식을 싸서 나에게 건넸다.

이모는 파출소에 가자마자 무슨 죄로 잡아 온 거냐고 물었다.

"면허 없이 킥보드를 탔으니 무면허 운전, 보행자 보호 의무 위반, 안전모 미착용, 여러 가지가 걸리네요. 할머니가 넘어져서 다쳤는데 적절한 조치를 취하지 않았으니 뺑소니일 수도 있어요. 아니다, 할머니가 괜찮다고 했다니까 그건 적용 안 될 거 같기도 해요."

젊은 경찰이 느릿느릿 대답했다. 혹시 잘못 말할까 봐 신중하게 대답하는 것 같았다. 하나하나가 다 무서운 말이었다. 하이빈 언니가 바들바들 떨었다.

"아니 뭐… 이렇게 될 줄 나도 몰랐지. 일부러 그런 거 아니야. 오해하지 말라고. 별거 아니니까 금방 풀어 주지 않을까?"

자기도 마음이 안 좋았던지 아들은 신고를 취소하겠다고 했다. 경찰에 머리를 숙여 가며 선처를 부탁한 할머니는 아들 손에 이끌려 집으로 돌아갔다. 젊은 경찰이 말했던 여러 죄목은 하나도 적용되지 않았다. 워낙 가벼운 사고여서요, 하며 경찰은 하이빈 언니의 잘잘못을 따지지 않았다. 오직 비자가 끝났다는 것만 문제 삼았다.

이모가 경찰에게 사정했다.

"얘는 그냥 학생인데요, 풀어 주시면 안 될까요? 병원비랑 보상금 같은 거 우리가 다 마련할게요. 제발 좀 부탁해요."

"사고 자체는 별거 아니에요. 피해자가 신고도 취소했잖아요. 이 학생 비자가 끝난 게 제일 큰 문제예요. 일단 신고했으니 우리 기록에 남았고, 비자가 없다는 것을 우리가 알게 됐으니 우리도 어쩔 수 없어요. 이거 그냥 넘어가면 우리한테 문제가 생겨요."

경찰도 난처해했다. 레 언니는 어떡해, 어떡해, 하며 발을 구르고 하이빈 언니는 고개를 떨궜다.

하이빈 언니가 경찰차를 타고 떠나는 것을 보고 돌아오니 이미 밤이었다. 이런 일을 처음 겪은 레 언니는 아주 녹초가 됐다. 송싸이공에 도착하니 할머니들과 보라, 지후, 은규까지 다들 모여 있었다. 이모가 소식을 전했다.

"하이빈은 출입국사무소로 넘어갔어요."

크게 낙담한 할머니들이, 아이고 어쩌나… 탄식하며 가게 문을 닫았다. 이모는 레 언니 혼자 쓸쓸한 집으로 들어가는 것이 안쓰럽다며 같이 가자고 했다. 나와 보라, 지후는 이모에게 받은 돈으로 치킨을 사 들고 뒤따라갔다. 보일러와 작은 싱크대가 나란히 붙어 있는 부엌, 가구 하나 없는 작은 방. 방은 다섯 사람이 앉기에도 좁아서 우리는 밀착, 밀착 하며 엉덩이를 붙여 앉았다.

레 언니는 조금도 먹지 못했다. 점심 먹으러 나가지 말았어야 했어, 킥보드 타는 걸 말렸어야 했어, 자꾸 머리를 쥐어뜯으며 자책했다. 오늘 겪은 일이 하나도 실감 나지 않는다고 했다.

"이제 어떻게 되는 거예요?"

"출입국에 있다가 베트남으로 가겠지."

언니의 물음에 이모가 답했다.

"강제 추방!"

보라와 지후와 내 입에서 동시에 튀어나온 이 말. 우리에게는 꽤나 익숙한 단어다. 주변에서 잡혀가는 이들을 봤고, 또 누군가 안 보이다 얼마 지나지 않아 추방됐다는 소식이 들려오기도 했으니까. 많은 이가 비자 없이 살고 있다. 자기 사정을 일부러 밝히지는 않지만 어른들은 서로 눈치채고 있는 듯했다. 전에 누군가 잡혔다는 소식에 역시 그랬구나, 하고 혼잣말을 하던 후이엔 이모에게 내가 물은 적이 있다.

"역시? 이미 알고 있었어요? 어떻게 알았어요?"

"어떻게 알긴, 그냥 사는 거 보면 알지. 아무래도 조심할 일이 많으니까. 그런데 비자가 없는 건 그렇게 큰 죄를 지은 게 아니야. 먹고살려고 애쓰다 보면 비자를 제때 연장하지 못하는 일이 생겨. 연장 신청한다고 쉽게 해 주는 것도 아니고. 나도 지후 아빠랑 이혼하고 비자 연장하기 얼마나 어려웠는데. 한국인 아들 잘 키우려고 이 외국인이 죽자 사자 일하는데도 연장할 때마다 그렇게 치사하게 굴더라. 그러니까 누가 비자 없다고 해도 다르게 볼 거 없어. 우리는 그런 거 상관없이 서로 도우며 살면 되는 거야."

항상 장난만 치던 이모가 심각한 표정으로 이야기하니까 왠지 더 무겁게 느껴졌다.

"하이빈 언니 불쌍해. 이씨, 그 아저씨 진짜 나쁘다!"

보라가 원망했다.

"하이빈이 운이 너무너무 없었어."

후이엔 이모가 나지막이 말했다.

"돈을 빌려서라도 등록금을 냈어야지! 왜 그걸 못 낸 거예요?"

지후가 레 언니를 향해 물었다.

"그러려고 했지만, 다 돈 없다고 해서 빌릴 데도 없었어."

언니가 침울한 얼굴로 말했다.

"돈 빌리는 건 정말 쉬운 일이 아니야. 외국인은 은행에서 대출도 안 해 줘. 주변 사람들한테 빌려야 하는데, 그게 참… 유학생한테 누가 돈을 빌려주겠어. 막상 누가 빌려줘도 문제야. 이자가 너무 높아. 한번 돈 빌리면 이자만 주기에도 정신없다니까. 한 달 내내 출근해서 일만 하는 사람도 돈을 갚을 수 있을까 말까 하는데, 마음대로 일할 수도 없는 유학생이 그걸 어떻게 감당하겠어. 정말 힘들지. 나도 타오 할머니가 아니었으면 우리 지후랑 살 방도 못 얻었을 거야. 그때 타오 할머니가 이자 필요 없다면서 천천히 갚으라고 방 보증금을 빌려줬으니 망정이지."

후이엔 이모가 진저리 치듯 고개를 흔들었다. 아기였던 지후를 안고 맨몸으로 살아 낸 이모는 돈 없이 사는 심정을 잘 알았다.

"어쩔 수 없이 가야 한다면 되도록 빨리 가야지. 감옥에 오래 있을 필요 없잖아."

후이엔 이모는 언니가 아르바이트했던 순대 공장을 찾아가 사정을 이야기해서 돈을 받아 왔다. 얼마 안 되는 금액이었다. 이모가 부족한 돈을 보태서 비행기표를 샀다.

나는 레 언니와 함께 하이빈 언니의 짐을 정리해서 출입국에 가져다줬다. 레 언니가 무섭다고 같이 가자 부탁하기도 했지만, 그보다 하이빈 언니가 보고 싶었다. 짐 가방에는 할머니가 사서 넣어준 인삼 제품도 들어 있었다. 이건 엄마 드리라고 해라. 딸이 돈 없어서 추방된 걸 알면 그 엄마는 또 얼마나 속이 상하겠니. 면회 간 우리를 맞아 담담하게 잘 버티던 언니는 그 말에 눈물을 떨궜다.

이미래든 당미래든

비자 없어서 서러운 사람이 우리 가까이 또 있었다. 미래와 바이 이모였다. 지후네와 미래네는 똑같이 한부모 가정이었지만 형편이 꽤 달랐다. 한국인 아버지를 둔 지후는 한국인이라서 복지 혜택을 조금 받을 수 있었는데, 베트남 부모를 둔 미래는 외국인이라서 복지 혜택 같은 게 아무것도 없었다. 어린이집 원비도 너무 비쌌고, 비자가 없으니 건강보험이 없어서 아파도 병원에 거의 가지 못했다.

미래가 다섯 살쯤이었을 때다. 길에서 마주친 미래를 보라가 집에 데려온 적이 있다. 토요일이라 미래가 어린이집에 못 가고 집에 혼자 있던 날이었다.

"미래야, 미래 어디 가?"

"언니, 나 열나. 많이 추워."

미래는 평소 자신에게 다정한 보라에게 달려가 안겼다.

"열난다고? 어디 보자, 진짜 뜨겁네! 엄마는?"

"회사 갔어."

미래는 타오 할머니에게 가는 길이었다. '무슨 일 생겼는데 엄마가 전화를 받지 않으면 송싸이공 할머니한테 가라'는 엄마 말을 잘 기억하고 있었던 것이다.

"거기는 추우니까 우리 집으로 가자."

보라와 나는 미래를 이불로 감싸 주며 물었다.

"지금 몇 시지? 미래야, 엄마 퇴근하려면 아직 멀었지?"

일하고 있을 바이 이모에게 연락해 봤자 뾰족한 수가 없다는 걸 잘 알고 있었다. 우리 엄마도 그러니까.

"나랑 증상이 비슷한 거 같아. 내 약 줘도 되겠지?"

묻는 보라에게 나는 갸우뚱하면서도 고개를 끄덕였다. 보라가 얼마 전 감기에 걸렸을 때 처방받아 먹고 남은 알약을 미래에게 건넸다. 약이 잘 안 넘어가 물을 두 컵이나 마시면서도 미래는 여러 알을 다 삼키고 잠이 들었다. 보라는 미래 이마를 자주 짚어 봤다. 은규도 덩달아 제 이마와 미래 이마를 만져 보며 의사 놀이를 했다.

"깊이 잠들었어. 미래 죽 끓여 줄까?"

"좋은 생각! 집에서 혼자 아팠으면 어쩔 뻔했어. 너랑 만나서 참 다행이야."

기특한 보라에게 나는 칭찬을 아끼지 않았다. 잔뜩 신난 보라가 가게에 있는 할머니에게 전화로 물어 가며 죽을 끓였다. 하지만 외출했다 돌아온 엄마와 아빠는 깜짝 놀랐다.

"애기한테 네 약을 먹였다고?"

엄마가 미래 숨소리를 들어 보고 살살 흔들어 깨웠지만 미래는 얼른 깨어나지 못했다. 그 순간 우리 마음은 낭떠러지로 떨어지는 것 같았다. 더럭 겁이 났다. 미래를 끌어안은 엄마. 119를 외치는 나. 전화, 전화 하며 휴대폰을 찾는 보라. 미래 누나 죽어? 하며 울기부터 하던 은규. 진짜 난리도 아니었다. 엄마 아빠가 팔다리를 계속 주무르고 얼굴을 토닥이니 미래가 꼭 감았던 눈을 떴다. 고맙게도!

"이번에는 별일 없었으니 다행인데, 어린애한테 아무 약이나 먹이면 절대 안 된다. 절대!"

어지간해서는 큰 소리 내는 일 없는 아빠가 눈을 세모꼴로 만들고 우리를 꾸중했다. 하지만 다 괜찮다. 미래가 무사하니 다 좋았다. 열이 내려 편안해진 미래는 죽도 잘 받아먹었다.

밤에 퇴근해서 미래를 데리러 온 바이 이모는 소동의 전말을 전해 듣고 눈물을 글썽였다. 내가 전화 못 받아서 미안해. 보라 수아 미안해. 우리 딸 미안해. 고마워요. 고마워요. 바이 이모는 아무도 탓하지 않았다. 그저 고맙다고 미안하다고 고개를 숙였다. 할머니는 말없이 바이 이모 등을 토닥였다.

원래 미래는 당미래였다. 바이 이모가 당 씨여서 미래 역시 당 씨였다. 베트남에서도 아빠 성을 이어받는데, 미래가 태어나기 전에 미래 아빠와 헤어진 바이 이모는 자기 성을 물려줬다. 그런데 학교에 입학하면서 성을 바꿔 이미래가 됐다.

"이미래? 성이 왜 바뀌었어요?"

"학교에서 이상하게 생각할까 봐 바꿨지. 한국에는 당 씨 성이 없잖아. 친구들이 놀리면 어떡해."

"성을 그렇게 쉽게 바꿀 수 있어요?"

"미래는 괜찮아. 그냥 부르는 이름이니까 당미래든 이미래든 상관없어. 나중에 출생신고 하면 그때부터는 진짜 이름을 써야지."

"출생신고를 나중에 한다고요? 진짜 이름이 아니라고요?"

나는 이모 말을 이해하지 못했다. 곁에 선 미래가 말똥말똥 나를 바라봤다.

"음… 그렇게 됐어."

애매한 웃음을 끝으로 이모는 서둘러 정육점으로 들어갔다.

"출생신고? 한국 사람은 주민센터에 가서 하고, 외국인은 자기 나라 대사관에 가서 하지. 한국은 외국인 출생신고를 안 받아 주거든. 미래는 베트남 사람이니까 베트남 대사관에 가서 해야 하는데 미래는…."

출생신고를 어디에 하는 거예요? 미래는 왜 아직 안 했을까요?

라는 질문에 엄마가 대답하다 말고 말을 멈췄다.

"나도 알아요. 미래네 비자 없는 거. 비자 없는 거랑 출생신고 안한 거랑 어떤 상관이 있는지 그게 궁금한 거예요."

알고 보니 모든 일은 다 연결돼 있었다. 미래는 베트남 사람인 엄마와 아빠 사이에서 태어난 외국인 아이다. 바이 이모는 유학생 시절 만난 남자친구와 헤어진 뒤에야 미래를 가진 것을 알게 됐다. 혼자 미래를 낳고 키우느라 학생 신분을 유지하지 못했고 비자도 연장하지 못했다. 베트남 대사관에 미래의 출생등록을 하려고 알아보니, 비자가 없는 사람은 상당한 돈이 필요하다고 했다. 돈 생기면 해야지, 미뤘다가 지금껏 하지 못했다.

이모에게 비자가 있었다면 미래는 베트남 대사관에 출생등록을 하고 여권을 받아 한국 출입국에 가서 외국인등록을 했을 것이다. 그러나 아무것도 할 수 없었으니, 미래가 태어나 숨 쉬며 살고 있다는 사실이 어디에도 기록되지 않았다.

"그래서 미래는 번호가 없는 거구나! 전에 미래가 그랬어요. 주민번호가 뭐냐고, 자기는 그게 없다고."

"미래가 아직 아기인 줄 알았더니 그런 걸 다 아는구나. 쯧쯧."

미래가 초등학교에 입학할 때 엄마는 미래, 바이 이모와 함께 학교에 가서 입학 신청을 도왔다. 취학통지서가 없는데 학교 다닐 수 있나요? 조심스러운 질문에 학교 선생님이 말했다.

"외국인 아동은 우리 정부에 출생신고가 안 돼 있으니 정부에서 아동의 존재를 모르잖아요. 그래서 취학통지서를 보내지 못했을 거예요. 하지만 없어도 괜찮아요. 잘 오셨어요."

엄마는 '없어도 괜찮아요. 잘 오셨어요'에 기뻐했다. 하지만 나는 '존재를 모르잖아요'가 더 크게 들렸다. 존재를 모른다, 존재를 모른다!

그러다 어느 날 갑자기 미래에게 꿈같은 일이 벌어졌다. 미래처럼 비자가 없는 미등록 체류 아동에게 어른이 될 때까지 안심하고 공부할 수 있도록 한국 정부가 비자를 준다는 정책이 발표된 것이다. 한국에서 태어나거나 어린 시절 한국에 와서 교육받은 아이들은 한국인과 같은 정체성이 있으니 이 나라에서 살며 사회에 기여할 기회를 주는 것이 모두에게 이익이라면서, 조건을 갖춘 아동은 출입국에 가서 자진 등록하라는 뉴스가 나왔다. 아이의 부모도 정해진 벌금을 내면 비자를 준다고 했다. 벌금 액수는 엄청났다.

그래도 바이 이모는 뛸 듯이 기뻐하며 일사천리로 일을 추진했다. 우선 이리저리 돈을 빌려 필요한 금액을 마련하고, 베트남 대사관에 미래의 출생등록을 했다. 여권이 나오자 출입국으로 달려가 등록 신고를 마쳤다. 미래와 이모는 그동안 상상하지 못했던 세계를 맞이했다. 더 이상 잡혀갈까 두려워할 필요가 없었고, 더 이상 번호 없는 아이로 살지 않아도 된다.

"그런데 정책이 왜 갑자기 바뀐 걸까요?"

"새로 태어나는 아기가 적어서 인구가 부족해지고 있기 때문 아닐까?"

내 질문에 아빠가 답했다.

송싸이공에서 미래와 바이 이모를 축하하는 작은 잔치가 열렸다. 바이 이모가 만들어 온 짜조와 할머니가 새로 배워 요리한 북부식 우렁이쌀국수가 차려졌다.

"출입국에 갔더니 10년 전에 갔을 때랑은 비교도 안 되게 복잡해졌더라고요. 사람이 엄청 많았어요. 그 사람들을 보고 미래가 그래요. 엄마, 나같이 번호 없는 사람들이 이렇게 많아요?"

타오 할머니가 예의 그 반달눈 웃음으로 미래를 보며 말했다.

"우리 미래가 그랬어? 그 사람들은 다른 일로 갔겠지."

"엄마가 알려 줬어요. 번호 있는 사람도 비자 때문에 자주 가는 거래요."

미래가 똘망지게 말했다.

통역 도와주러 나도 몇 번 가 봤던 출입국은 언제나 사람이 많았다. 체류 기간 연장, 비자 변경 같은 머리 아픈 일을 처리하려고 모여든 사람들은 죄다 우중충한 표정이었다. 나까지 긴장해서 목이 조이는 듯했다.

이모는 등록을 마치고도 새로 정리해야 할 일이 많았던 모양이었다. 자기 이름으로 은행 계좌를 만들고 휴대폰을 개통한 일, 다른 사람 이름을 빌려 작성했던 월세 계약서를 자기 이름으로 바꾼 일, 회사에서 자기 이름으로 건강보험을 가입해 준 일을 할머니들에게 세세하게 보고했다. 10년 넘도록 가지 못했던 베트남에 다녀올 거라는 설레는 계획도 밝혔다.

나는 그날 바이 이모의 높은 웃음소리를 처음 들었다. 항상 없는 사람인 듯 조용하던 이모가 저토록 화끈하게 웃을 줄 아는 사람이었다니.

누가 내 옷소매를 쑥쑥 잡아당겼다. 미래였다. 미래가 속삭였다.

"언니, 나 다시 당미래 됐어."

"어떻게?"

"엄마가 잘못 알았던 거래. 한국에도 당 씨가 있대. 그래서 나도 바꿨어. 이거 봐."

어디, 어디 하며 꺼내 본 미래의 외국인등록증에는 'ĐẶNG MỸ LỆ'라고 쓰여 있었다. 당미래, 미래가 아홉 살에 갖게 된 진짜 이름이었다.

아빠는 그 힘들다는 재활 훈련을 마치고 드디어 일상생활을 할 수 있게 됐다. 아직은 보조기를 달고 움직여야 하지만 회사와 의논해서 다시 출근하기로 결정했다. 꼬박 2년간 입원했던 아빠를 간병하고, 통원 치료하는 아빠와 병원에 다니려고 운전면허까지 따며 지극정성이던 엄마가 이제야 한시름 놓았다.

첫 출근 날 엄마는 아빠를 차에 태우고 갔다. 아빠를 사무동 입구에 내려 준 뒤, 창고가 있는 건너편 건물까지 일부러 가 봤다고 했다. 아빠 허리를 찔렀던 지게차가 여전히 창고 앞을 지키고 서 있더란다.

"지게차에 돌이라도 던지려고 했지."

엄마는 입술을 깨물며 말했지만 가늘게 뜬 눈에 장난기가 어려 있었다.

그사이 우리 삼 남매도 변화가 많았다. 막내 은규가 초등학생이 됐고, 보라는 중3이, 나는 고등학생이 됐다. 엄마는 집에서 가까운 회사를 골라 새로 취직했다. 우리는 할머니 없이 살 준비를 해야 했다.

"은규도 다 컸고 아범도 그만큼 나았으니 나는 이제 갈란다."

할머니는 단호했다. 프엉 할머니에 이어 우리 할머니까지, 두 할머니가 빠진 송싸이공은 뻥 뚫린 느낌이었다. 반미도 쌀국수도 사라졌다.

2

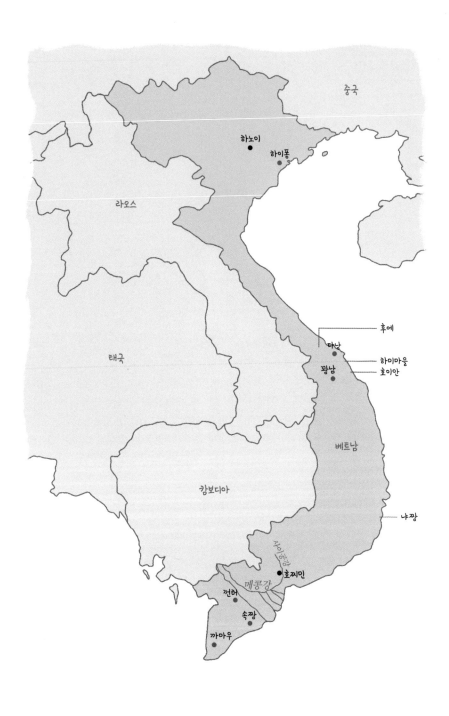

중국

하노이
하이퐁

라오스

후에
다낭
하미마을
호이안
짱남

태국

베트남

캄보디아

냐짱

사이공강
메콩강
호찌민
껀터
속짱
까마우

까마우 병문안 특사

시작은 외삼촌의 전화였다. 다들 잘 지내느냐고, 외삼촌은 우리 안부부터 물었다.

"여기는 다 잘 지내지. 엄마랑 거기 식구들 모두 잘 지내는 거지?"

"다 괜찮은데⋯ 어머니가 예전 같지 않으시네. 건강이 좀 안 좋으셔."

"왜? 며칠 전에 통화할 때도 별 얘기 없었는데?"

"누나 걱정할까 봐 말 안 하셨나 봐. 갑자기 소화가 안 되고 속이 아프다고 해서 검사해 보니 위암이라네. 다행히 초기래. 수술 일정도 빨리 잡혔어."

"위암? 수술을 해?"

엄마는 한동안 말이 없었다. 나는 가슴이 저릿저릿했다. 우리 할머니가 아프다!

"어머니가 너무 고생하셔서 그런가 봐. 나 때문이야."

아빠가 죄스러운 얼굴로 자책했다.

"아냐. 나 때문이야. 내가 잘못해서 그래."

할머니가 수술을 마치는 날까지 엄마는 그릇을 몇 개나 깨트렸다. 오죽하면 보라가 '엄마는 주방 출입 금지'라고 할 정도였다. 회사에서는 일을 제대로 하는 걸까? 일하다 다칠까 걱정이야, 보라가 속닥였다.

수술하는 날, 엄마는 아예 휴가를 내고 아침부터 휴대폰을 손에 꼭 쥔 채 집 안을 서성였다. 엄마가 너무 불안해 보여서 학교에 못 가겠다는 보라를 끌고 나는 집을 나왔다. 언니는 너무 냉정해, 가는 내내 보라가 눈을 흘기며 심통 부렸다. 학교를 마치고 집에 돌아온 뒤에야 삼촌에게서 전화가 왔다.

"수술 잘 됐대. 잘 숨는 병인데 이렇게 일찍 발견했으니 천운이라고 의사가 그러더라. 이제 회복만 잘하면 된대. 너무 마음 쓰지마, 누나."

"내가 엄마 고생시켜서 생긴 병인데, 엄마 돌보는 건 네 몫이구나. 정말 미안해. 고마워."

엄마가 전화기를 그러쥐고 울음을 터트렸다. 아빠는 가만가만 엄마 어깨를 토닥일 뿐 아무 말도 하지 못했다.

할머니가 우리와 같이 지낸 시간이 무려 7년이다. 처음에는 길게 있을 생각이 아니었는데 은규 궁둥이 토닥이다 보니 두 해가 훌떡 지났다고 했다. 한 해 또 한 해 지나면서 은규 다섯 살까지만 있자 했는데, 아빠가 사고를 당해 또 길어진 것이다. 할머니가 그토록 급하게 가신 건 아픈 것을 숨기기 위해서였던 걸까? 우리 삼남매도 죄책감이 들었다.

면역력을 높이는 데 좋다는 인삼을 사 보내며 할머니의 쾌유를 빌었지만 엄마는 계속 얼굴을 펴지 못했다. 위로하러 온 고모 손을 붙들고 엄마가 눈물을 글썽였다.

"엄마 나 좀 도와줘요, 그 한마디에 달려온 엄마인데 너무 오래 붙들고 고생시켰어요."

"내가 죄인이지. 동호 간병하느라 그 고생을 하는데 도와주지도 못했잖아. 사돈어른이 장사까지 하면서 애들 돌보시는데 와 보지도 못하고. 내가 정말 미안해, 올케."

"형님도 힘들었잖아요. 편찮으신 어른 돌보는 게 어디 쉬운 일인가요."

치매에 걸린 시어머니를 모시느라 몇 년간 꼼짝 못 했던 고모는 시어머니가 돌아가신 뒤에야 몸과 마음에 여유가 생겼다고 했다.

"올케, 엄마 보러 안 가도 되겠어? 한번 갔다 오지 그래."

"마음은 벌써 100번도 더 갔죠. 그런데 그게 쉽지가 않아요. 동호 씨가 다시 일 시작한 지 얼마 안 돼서 불안해요. 저도 회사를 새로 들어가서 휴가 받기 어렵고, 애들한테 또 살림 맡기기 미안하고. 걸리는 게 너무 많아요."

엄마가 훌쩍거리며 말했다.

"알지, 알지, 당연히 쉽지 않지. 그럼 애들 보내는 건 어때? 곧 방학이잖아. 수아가 베트남 말을 잘하니까 애들끼리도 다녀올 수 있지 않을까?"

"수아랑 보라를요?"

"그래. 애들 보내자. 내가 비행기표 사 줄게."

우리는 여행 일정을 짜느라 머리를 맞댔다. 베트남에 대해 조금 아는 지후는 보라를 자주 놀려 먹었고, 둘은 매사에 티격태격했다.

"우리 이번에 사이공에 꼭 가 보자. 사이공강이 있는 사이공."

보라의 말에 지후가 냉큼 대답했다.

"가는데? 비행기 타고 가서 처음 도착하는 데가 사이공이잖아."

"아닌데 호찌민인데."

"아냐, 사이공이야."

"아니라고!"

내가 끼어들지 않으면 영원히 계속될 공방이었다.

"자꾸 보라 놀릴래? 사이공이 호찌민이야, 보라야. 예전 이름 사이공. 지금 이름 호찌민."

"뭐야, 그런 거였어? 이놈이!"

지후는 히힛, 하며 자리를 피했고 보라는 콧김을 풍풍 내며 지후를 추격했다. 애들 때문에 정신이 혼미할 지경이었지만 여행 분위기를 고조시키는 양념이라 생각하며 나는 애써 참았다.

우리 자매의 여행에 지후가 끼어들게 된 건 순전히 엄마의 걱정 때문이었다. 내가 베트남어를 아무리 잘한다 해도 그건 덜 헤매는 데 도움이 될 뿐이지, 우리 안전을 약속하지는 않는다는 것이었다. 여자애들 둘이 다니다 무슨 일이 생길지 모르니 지후를 보디가드로 데려가라고 했다.

"지후가 보디가드? 말도 안 돼. 걔는 다 물렁살이라 나보다 힘이 없거든요!"

보라가 코웃음을 치며 반대했다. 그러나 그 말을 듣자마자 춤을 추며 좋아하는 지후와 후이엔 이모의 대찬성으로 보라의 목소리는 힘을 잃었다. 어린이집과 초중학교를 같이 다니고 집을 마음대로 드나들 만큼 서로 허물없는 사이였지만, 보라와 지후는 결사적으로 상대방을 견제했다. 너무 나대지 않도록 적절하게 눌러 줘야 좋은 사이를 오래 유지하는 법이라고 두 사람은 입을 모아 주장했다.

보라는 보라대로, 지후는 지후대로 애틋한 나는 싫을 이유가 없었다. 오히려 든든했다. 문제는 따라붙으려는 친구들이었다. 방학 때 뭐 하냐고 묻길래 할머니가 아프셔서 동생들이랑 베트남에 다녀오려고, 했더니 친구들은 가히 폭발적인 반응을 보였다.

"동생들이랑 간다고? 나도 가면 안 돼? 나도 데려가."

나도! 나도! 나도!

고양이 눈으로 애원하는 친구들을 데려갈까 잠시 고민했지만 역시 곤란하다. 이번엔 할머니 병문안 특사라는 우리 임무에 충실해야 하니까.

"워워. 이 언니가 먼저 다녀오고 다음에 같이 가자. 다음에 꼭 데려갈게!"

우리가 베트남에 간다는 이야기가 송싸이공에도 전해졌다. 우리 할머니가 떠난 뒤로 송싸이공에 드나들던 내 발길은 줄었지만, 지후는 여전히 물을 받으러 다닌다. 넉살 좋은 지후는 우리 자매를 데리고 베트남에 가게 돼서 책임이 막중하다고 떠벌렸다.

"잘 생각했다. 그렇잖아도 수아 할머니 수술했다고 해서 걱정했는데 네가 가서 잘 살피고 오너라."

란 할머니가 믿음직한 자기에게 땅콩과자를 안기며 당부하셨다고 지후가 거들먹거렸다. 네가 우리를 데려간다고? 보라가 지후를 향해 눈을 부릅떴다. 아옹다옹하던 두 사람은 과자를 나눠 먹는 것으로 쉽게 화해했다.

타오 할머니는 가게 앞을 지나는 나를 불렀다.

"베트남에 간다고?"

"네, 그렇잖아도 말씀드리려고 했어요."

"며칠이나 있으려고? 혹시 일정 길게 잡았으면 다낭에 가 보거

라. 프엉 할머니가 꼭 오라더라."

"다낭에요?"

"그래, 할머니가 너희들 다낭 구경시켜 주고 싶대."

호찌민에서는 통일궁, 노트르담 대성당, 벤탄시장. 다낭에서는 바나힐, 오행산, 호이안. 지후와 보라가 인터넷을 뒤져 가고 싶은 곳을 골라 놓고 눈을 반짝였다.

"한국인들이 다낭에 많이 가나 봐. 다낭에 있는 바나힐에 가 보자, 언니!"

"호이안에서 배 타고 소원초도 띄우자, 누나! 나 이거 꼭 해 보고 싶어."

"애들이 놀러 가는 줄 아나? 아빠 얘기 못 들었어? 우리는 병문안 특사라고, 특사!"

말은 그렇게 했지만 나 역시 여행이 기대되고 가 보고 싶은 곳이 많았다. 수술하고 시간이 꽤 지난 뒤라 할머니 상태가 좋아져 내 마음까지 편해졌기 때문이다. 영상통화로 만난 할머니는 살이 쏙 빠지기는 했지만 여전히 장군 같은 기세였다.

"할머니, 뭐 필요한 거 없어요?"

"없다. 뭐 하러 돈 들여서 여기까지 온다고 그래?"

"힝, 할머니가 오지 말라신다. 전화 빨리 끊어야겠다."

내가 서운한 척하자 할머니가 호탕하게 웃더니 조심해서 오라고 당부했다. 그럼 그렇지, 우리를 기다리면서 말로만 그러시는 거다!

　우리는 비행기로 호찌민에 가서 버스를 타고 까마우로 간다는 계획을 세웠다. 까마우에서 할머니를 만나고 껀터로 가서 지후의 외가를 방문한다. 그다음 방문지는 다낭이다. 다낭까지는 기차를 타기로 했다. 인터넷으로 정보를 알아보고 후이엔 이모에게 조언을 받았다. 역시 이모는 여행 정보를 잘 알고 자료 찾는 데도 도사여서 많은 도움을 줬다.

　그에 비해 우리 엄마는 상당히 심란한 상태였다. 고향을 떠난 지 너무 오래돼서 교통편 같은 걸 잘 몰랐다. 껀터와 다낭에는 가본 적도 없었다. 엄마의 단골 멘트는 '지금은 변하지 않았을까?' 혹은 '아마 그럴걸?' 아니면 '기억이 잘 안 나는데'였다. 나를 할머니에게 데려다주러 갔던 것이 엄마의 마지막 베트남 방문이었으니 그럴 만도 했다. 엄마는 너무 일만 열심히 하고 살았다.

　"걱정 마요, 엄마. 이번에 내가 가서 좌악 다 알아 놓을 거니까. 다음에 내가 엄마 모시고 다닐게!"

　보라가 큰소리를 땅땅 쳤다.

다시 만난
하이빈 언니

호찌민공항에 도착한 것은 자정이 지난 시각이었다. 공항 밖으로 나가기 전 유심 카드부터 사서 끼웠다. 마중 나오기로 한 하이빈 언니와 연락하는 데 필요했다. 신호가 울리자마자 전화를 받은 언니가 말했다.

"빨리 나와! 입구에서 기다리고 있어."

후텁지근한 밤공기가 우리를 맞았다. 하이빈 언니를 보자 장난기가 발동한 지후는 다다다 달려가 언니에게 머리를 디밀며 혀를 내밀고 헥헥거렸다. 강아지 놀이였다. 지후의 장난에 익숙한 언니는 덩치 큰 녀석의 머리를 쓰다듬었다.

"어서 와, 얘들아! 너무너무 반갑다."

서로 끌어안으며 부산하게 인사를 나누고 난 뒤에야 멀리 팽개쳐 둔 짐이 보였다. 아차, 우리 가방! 각자 어깨에 멘 배낭 말고도 우리에게는 커다란 짐이 세 개나 더 있었다.

"웬 짐이 이렇게 많아? 이민 왔어?"

언니가 짐을 나눠 들며 나에게 물었다.

"아유, 말도 마요. 이게 다 여기저기 배달해야 하는 선물이에요. 우리 완전히 산타 할아버지라니까요."

"그래서 이 짐꾼이 왔잖아. 으라차차. 차 어디 있어요, 누나?"

지후가 보잘것없는 알통을 자랑스레 보이며 말했다.

우리는 부지런히 짐을 옮겨 택시에 싣고 언니 집으로 가면서 지난 이야기를 나눴다. 공부 잘 마치고 돌아와 유아교육 정책을 연구하는 학자가 되고 싶었지만 모든 계획이 수포로 돌아갔다며 언니가 웃었다. 그 절망이 얼마나 컸을지 가늠하기 어려웠다. 출입국에 있는 외국인보호소 면회실에서 봤던 언니 모습이 다시 떠올랐다.

"감옥에서 무섭지 않았어요?"

"무섭지는 않았지만 불안하고 초조했어. 그 안에 갇힌 사람들도 다들 같은 처지라 서로 도우며 지내더라. 생활하는 방법도 알려 주고 물건도 나눠 주고. 거기서 정말 별 생각을 다 했지. 식당에서 도망갈걸, 병원에서라도 도망쳤으면 적어도 이렇게 쫓겨나지는 않을 텐데, 엄청 후회되더라고. 이대로 가면 끝장인데 차라리 여기서 죽어버릴까, 그런 생각도 하고. 내가 동생들한테 별 소리를 다 한다. 흠."

"후이엔 이모가 언니 빨리 비행기 태워야 한다고 엄청 서둘렀어요. 거기 오래 있으면 안 된다고.”

“맞아, 진짜 고마웠어. 비행기표도 이모가 사 주다시피 했잖니. 그래도 막상 비행기가 호찌민에 착륙한다는 안내 방송이 나오니까 마음이 복잡했어. 영원히 안 내렸으면 좋겠더라. 집에 연락도 안 했거든. 엄마 얼굴을 어떻게 보나 싶어서. 집에 가지 말고 어디로 사라져 버릴까, 하면서 가방을 질질 끌고 공항 밖으로 나왔지. 그런데 어디서 달려왔는지, 엄마가 나를 덥석 안는 거야. 진짜 깜짝 놀랐어. 눈물부터 나더라고. 타오 할머니가 집으로 연락했더래. 딸한테서 아무 연락 못 받았느냐고, 내 이럴 줄 알았다고. 자기가 하이빈 단골 식당 주인인데 하이빈이 몇 날 몇 시 비행기로 가니까 꼭 마중 나가라고 하더래. 모르는 분이 전화해서 그런 말을 하니 엄마가 기가 막혔다더라. 에구, 이런 얘기 처음 해 보네. 여기서는 내가 그렇게 온 거 잘 몰라. 엄마 아빠만 아시지.”

“근데 누나는 한국에 있을 때보다 지금이 더 근사한데요? 완전 패셔니스타인데?”

“당연하지, 지후야. 이 누나가 그때는 돈 없는 학생이었고 지금은 직장인이잖니.”

언니는 한국 회사의 호찌민 지사에서 일한다고 했다. 베트남에 진출한 한국 기업들에게 법률 자문을 하는 회사다.

“나는 주로 번역이나 통역 업무를 해. 법률 같은 거 하나도 몰라서 새로 공부하느라고 아주 죽을 맛이야.”

차가 큰 아파트 단지로 들어갔다. 언니는 우리를 아래층에 있는 편의점으로 먼저 데려갔다.

"오늘 이 언니가 쏜다. 먹고 싶은 거 싹 다 가져와!"

우리는 편의점을 휘저으며 맛나 보이는 음식을 골라 바구니를 그득하게 채웠다. 보라와 지후는 자기가 고른 것이 더 낫다고 아옹다옹했다.

다음 날, 아침을 먹으러 가려고 엘리베이터 앞에 섰다. 층마다 서느라 느리게 내려온 엘리베이터 안에는 저마다 어린아이 손을 잡은 할머니들이 타고 있었다. 학교나 유치원에 가는 모양이었다. 할머니들은 어디서나 고생이구나. 아파트 앞에서 아이들을 버스에 태워 보낸 할머니들은 한갓진 얼굴로 돌아섰다.

우리는 손님이 많은 커다란 쌀국수 식당으로 들어갔다.

"낮에는 호찌민 구경하고 밤에 버스 타는 게 좋아. 침대버스니까 자면서 갈 수 있거든."

"침대버스요? 그게 뭔데요?"

그런 게 있어, 타 보면 알아, 언니는 보라에게 대답하며 가방에서 물티슈를 꺼내 놓았다.

"식당에서 주는 물티슈를 쓰면 돈 내야 하니까 이걸로 써. 한국 사람들 모르고 썼다가 돈 내란다고 인상 쓰더라. 비싼 건 아니지만 무료인 줄 알았다가 황당한 거지."

"엥? 한국에서는 그냥 주는 건데, 겨우 요걸 돈을 받아요?"

보라가 식당에서 내놓은 물티슈를 흔들며 대꾸했다.

"그런 거 하나하나가 다 문화 차이야. 특히 보라는 지금부터 낯선 문화를 많이 만나게 될 거야. 기대하셔."

언니가 웃음 가득한 얼굴로 보라와 눈을 맞추며 말했다.

"사실은 나도 잘 몰라요. 겨우 일곱 살까지만 있었던 거라 기억이 하나도 안 나."

"나는 더해. 몇 번 와 봤지만 조금 있다 가고 했으니까. 그것도 초등학교 3학년 때가 마지막."

내 엄살에 지후까지 끼어들었다. 쌀국수가 나오자 언니가 우리 앞으로 한 그릇씩 밀어 줬다.

"먹어 볼까? 할머니 국수랑 어떻게 다른지 보자."

보라가 잽싸게 젓가락을 들었다.

"음, 우리 할머니 국수보다 향이 덜한데?"

"이 식당에는 외국인들이 많이 오거든. 외국인 입맛에 맞춘 거야. 이번에 여러 지역에 가니까 가는 데마다 음식 먹어 보고 비교해 봐. 재미있어."

언니는 우리를 안내하려고 일부러 회사에 휴가를 냈다고 했다. 까마우행 밤 버스를 예약해 뒀으니 낮에는 호찌민 시내를 돌아보자며, 잔뜩 신이 났다.

"우리 사이공강에도 가요."

지후가 제안했다.

"거긴 왜?"

"보라가 궁금해했거든요."

"맞아, 사이공강에도 가야지! 그런데 이상해요. 도시 이름이 호찌민으로 바뀌었는데 왜 강 이름은 그대로일까요? 호찌민강으로 바꾸지 않고?"

보라가 고개를 갸우뚱하며 말했다.

"그건…."

입을 뗀 언니가 잠시 생각을 정리했다.

"상징적인 의미로 도시 이름만 바꿨던 거야. 베트남이 전쟁했었잖아. 북베트남이 남베트남을 통일해서 지금의 베트남이 된 건데, 그 과정에서 남베트남의 수도였던 사이공을 베트남 사람들이 존경하는 호찌민의 이름을 따서 바꿨어. 너희들 호찌민이 누군지는 알지? 호찌민은 베트남 독립운동에 평생을 바치고 또 베트남 통일을 이끈 분이잖아. 이 도시를 호찌민으로 부르면서 전쟁을 기억하고, 전쟁이 가져온 희생을 기억하자는 의미였대. 반드시 통일을 이루겠다는 결의도 담았고. 도시 이름을 바꿨다고 해서 사이공이 들어간 모든 이름을 바꾼 건 아니야. 사이공역, 사이공대학교에도 사이공이 그대로 살아 있지. 대대로 사이공에 살던 사람들은 자부심이 높아서 그 이름을 무척 사랑한대. 그리고 지금 호찌민시는 기존 사이공에 주변 지역을 합쳐서 만든 도시여서 예전 사이공에는 비할 수 없이 커."

"그런데 누나, 전쟁은 왜 했던 거예요?"

"전쟁에 대해 알려면 베트남 근현대사를 다 들어야 하는데, 그래도 해 줘?"

"힝, 해 줘요. 짧게요."

귀엽게 조르는 지후에게 하이빈 언니가 콧등을 찡그려 보이고 이야기를 시작했다.

"1800년대 일이야. 프랑스가 베트남에 무역을 하자고 요구했는데, 응우옌 왕조는 쇄국 정책을 펴고 가톨릭을 탄압하는 것으로 대응했어."

"어, 완전 흥선대원군이다! 그래서요?"

"그걸 빌미로 프랑스가 베트남을 침략했어. 남부부터 시작해서 야금야금 빼앗아 거의 80년간 식민 지배를 했지. 그 와중에 있었던 2차 세계대전 때는 일본에 점령당하기도 했고. 베트남은 끈질기게 프랑스와 맞서 싸워 독립을 했지만, 국제 사회가 개입하면서 남북으로 분단됐어. 북쪽에는 중국과 소련의 지지를 받는 사회주의 정부가 들어섰고, 남쪽에는 미국의 지지를 받는 반공 정부가 세워졌지. 양쪽에서 동시에 국회의원 총선거를 해서 많은 의석수를 차지한 쪽이 정권을 잡고 통일한다는 계획이었는데 나중에 남쪽에서 이걸 거부했어."

"한국 역사랑 진짜 비슷하네요!"

"그렇지? 그 시기 베트남이나 한국 같은 약소국들이 비슷한 과정을 거쳤다 하더라고. 분단 상황에서 남베트남에서는 독재가 계속됐는데, 정치와 경제가 엉망이 되니까 사람들이 반정부 단체를 만들었어. 무장 투쟁을 하면서 북쪽에 도와달라고 요청했지. 그렇게 시작된 전쟁인데, 남베트남이 공산화되는 걸 막는다며 미국이 개입하면서 베트남과 미국의 전쟁으로 바뀌게 돼. 베트남은 무기도 돈도 턱없이 부족했지만 똘똘 뭉쳐 미국을 물리치고 끝내 민족 통일을 이뤘지."

"정말 대단하네요!"

"미국을 이긴 나라 베트남이라는 말이 그래서 나온 거구나?"

보라와 지후가 동시에 감탄했다. 재미있었다. 한편 기분이 묘하기도 했다. 한국에서는 주로 언니가 무언가 질문하고 내가 알려 주는 사이였다. 그런데 여기 오니 정반대다. 우리는 이것저것 모르는 게 많았고 언니는 척척박사처럼 답을 내놓았다.

"다낭에도 간다며? 거기선 뭐 할 거니?"

"송싸이공 프엉 할머니 기억하죠? 반미 장사 하셨던 분이요."

"그럼, 기억하지. 반미가 얼마나 맛있었는데!"

"할머니가 우리를 초대했어요."

"너희들끼리 찾아갈 수 있겠어?"

"주소가 있어요."

나는 할머니에게 받은 주소를 언니에게 보여 줬다.

"꽝남성 디엔반시 디엔즈엉동 락롱꿘로, 어…? 혹시?"

"혹시? 왜요?"

"아니다. 할머니 전화번호 좀 줘 볼래?"

그런 이야기를 나누며 우리는 노트르담 대성당, 사이공중앙우체국과 벤탄시장을 거쳐 사이공강 선착장까지 걸었다. 호찌민을 대표하는 건물 중 많은 것이 예전 프랑스 식민지 시절에 프랑스 건축 양식으로 지어졌다고 했다. 프엉 할머니가 팔던 반미도 프랑스 것이 베트남으로 넘어와 생겨난 음식이라던 말이 떠올랐다.

마침내 도착한 사이공강 선착장에는 습하고 더운 강바람이 불었다. 크고 아름다운 강이었다. 보라가 사이공 어이, 사이공 어이, 하며 노래를 흥얼거렸다.

침대버스를 타고

하이빈 언니가 호찌민 버스 터미널까지 타고 갈 차를 그랩으로 호출했다. 베트남 도시 지역에서는 이 그랩이라는 앱으로 오토바이, 일반 승용차, 승합차 같은 것을 골라서 호출할 수 있고 온갖 음식도 다 배달시킬 수 있다고 한다. 언니는 차에 타더니 그랩 기사와 대화를 나누기 시작했다. 30대 초반쯤으로 보이는 기사는 나처럼 남부 사투리를 했다.

"그랩 택시 벌이가 괜찮나요?"

"그저 그렇지요 뭐. 그래도 건물 경비하는 아버지나 봉제 회사 다니는 어머니보다는 나아요. 두 분 합친 것만큼은 벌어요."

"호찌민분이세요?"

"아이, 무슨요. 우리 가족은 속짱에서 왔어요. 하도 가난해서 세 식구가 먹고살려고 무작정 여기로 왔죠. 속짱 살 때는 학교 다니면서 오리 농장 일을 했어요. 아침에 오리 떼 몰고 강으로 갔다가 저녁에 다시 농장에 몰아넣는 일이요. 4학년도 못 마치고 여기로 와서 더는 학교를 못 다녔어요."

나는 옆에서 장난치는 보라와 지후를 말려 가며 이야기에 귀를 기울였다.

"고생이 무척 많으셨겠어요."

"두말하면 잔소리죠. 식당 일, 공사장 일, 안 해 본 일이 없어요. 아버지가 저한테 운전면허 따라고 하는데 아무리 생각해도 면허를 쓸 데가 없잖아요. 미적대니까 자꾸 얘기하시더라고요. 투덜거리면서 면허를 땄더니 이 차를 사 주셨어요. 두 분이 꼬박 10년을 모아서 이 차 한 대 산 거예요. 학교 못 보낸 거 미안하다고, 이걸로 밥벌이하라고요. 중고차예요. 그래도 깨끗하죠?"

"예, 깨끗하고 좋아요! 차 사고 바로 그랩 시작하셨겠네요?"

"그렇죠. 몇 년 일해서 지금은 방 두 개짜리 세도 얻었어요."

기사는 자기 이야기를 시원시원하게 풀어놓았다. 언니가 또 질문을 던졌다.

"가족들과 같이 사시나요?"

"엄마 아버지랑 살아요. 부모님은 나 하나 낳고 말았어요. 돈 없으면 자식 키우기도 힘드니까요. 결혼은 아직이에요. 후훗, 내가 결혼 같은 걸 할 수 있을까요?"

"젊으신데 무슨 그런 말씀을요. 지방에서 오신 분들은 여기서 무슨 일 하면서 살아요?"

"정말 많이들 와 있는데 번듯한 직장은 없죠. 오토바이 그랩을 많이 해요. 요즘 배달 많이 하잖아요. 손님은 어디 외국에 있다 오셨어요? 모르는 게 많으시네! 뒤에 외국 손님들도 그렇고."

"맞아요. 외국에서 살다 와서 새로 배울 게 많아요. 질문이 많아서 죄송해요."

언니가 멋쩍게 웃었다.

싹싹한 기사는 우리를 내려주며 환하게 미소 지었다. 언니는 이야깃값이라며 팁을 얹어 줬다.

"언니, 인터뷰하는 줄! 왜 그렇게 자세히 물어봐요?"

"나도 지금 모르는 게 많잖니. 사람들이 어떻게 사는지 알고 싶어서 기회 있을 때마다 물어보고 있어. 회사에서는 기업 관계자들만 만나니까 이런 얘기를 들을 수가 없거든. 너도 들었지? 어땠어?"

"고생을 참 많이 하는 것 같아요. 나는 우리 엄마랑 이모들, 할머니들이 너무 고생하는 것 같아서 마음 아플 때가 많았거든요. 그런데 기사 아저씨 이야기 들으니까 정말 장난 아니네요. 우리 은규 나이에 오리 몰고 다녔다는 거잖아요."

"맞아. 사람 사는 일이 쉬운 일이 아니야. 한국에서 그렇게 돌아온 뒤로 상처가 너무 커서 그런지 아무것도 못 했거든. 한참 시간이 지난 뒤에야 사람들 사는 모습을 봤는데 다들 애쓰고 있더라고.

힘든데도 참 열심히 사는구나, 나도 힘내자, 그랬지."

나는 고개를 끄덕였다.

"여러분, 지금부터 짐 잘 챙기고 바짝 따라오세요. 여기는 눈 감으면 코 베어 가는 데예요."

언니는 한 손을 번쩍 들어 흔들며 우리를 까마우로 가는 버스 앞에 데려다줬다.

승무원이 버스에 오르는 승객들에게 검정색 비닐봉지를 하나씩 나눠 주며 거기에 신발을 넣어 가지고 타라고 했다.

"꺼이 지아이 라(신발 벗어요)?"

지후는 다 알아듣고도 모르는 척, 눈을 땡글 뜨고 승무원과 눈을 맞추며 말했다. 나보다 서너 살쯤 많겠다 싶은 승무원은 장난기 많은 외국인 손님을 더 장난스럽게 대했다. 같이 눈을 맞추고 눈썹을 으쓱하더니 어서 버스에 오르라고 턱짓했다. 그 눈에서 웃음이 터져 나올 것 같았다. 지후는 예! 하고 냉큼 버스에 올랐다.

버스에 타고 보니 내부가 보통 신기한 게 아니었다. 비스듬하게 누울 수 있는 2층짜리 침대가 세 줄로 길게 놓여 있었다. 아래층 자리인 나와 보라는 재빨리 쏙 들어가 누웠다. 지후는 위층이었다.

"아싸, 나 2층이다."

기분 좋게 외쳤으나 지후는 디디고 올라갈 발판을 찾지 못해 허둥대며 통로를 막고 있었다. 지후가 다른 손님의 탑승을 방해하고 있는 것을 보고 아까 그 승무원이 손님들 사이를 비집고 다가와서 교통정리를 했다. 발 디딜 자리를 손으로 턱 짚어 주며 다시 눈썹을 으쓱.

"아, 그거구나! 깜언(고맙습니다)."

자리로 올라가 누운 지후는 또 소란을 피웠다.

"나 떨어질 것 같아. 우아, 어떡하지. 차가 움직이면 떨어질 것 같아. 어떡해, 누나!"

나는 지후를 안전벨트로 묶어 주고 계속 시끄럽게 굴면 내려놓고 가겠다고 으름장을 놓았다. 입술을 쑥 내밀고 뾰로통한 표정을 짓던 지후는 곧 잠이 들었다. 버스는 남쪽 끝을 향해 밤새 달렸다.

까마우는 메콩강 삼각주에 자리 잡은 베트남 최남단 성이다. 까마우 버스 터미널에는 외숙모가 보내 놓은 차가 우리를 기다리고 있었다. 우리를 태운 차는 셀 수 없이 많은 강을 건넜다. 동에서 서로, 서에서 동으로, 북에서 남으로 가로지르는 크고 작은 강. 분명 옛날에 지났을 길인데 처음인 듯 낯설었다.

젊은 운전기사는 상냥한 수다쟁이였다. 나도 하이빈 언니를 흉내 내 볼까 생각했지만 기사가 나보다 한 수 위였다. 한국에서 왔다며? 네가 찌우 사촌 누나라고? 진짜 베트남 말 잘하네? 할머니 병원 다닐 때도 내가 모시고 다녔는데 지금은 아주 좋아지셨더라. 나는 대학 다니다 말고 아버지 사업 물려받으려고 일 배우는 중이야. 무슨 일이냐고? 우리 집에 이런 차가 아홉 대 있거든. 렌터카

영업하는 거지. 너희들은 다 학생이지? 저기 봐, 저 강이 옹독강이야. 네 외가가 저 강어귀에 있는 거야.

차가 언덕으로 올라가자 강줄기가 얼기설기 얽힌 드넓은 까마우 땅이 펼쳐졌다. 푸른 논밭 사이에 몇 그루씩 뭉쳐 크게 자란 코코넛나무들이 있었다. 드문드문 집도 보였다.

"멋있다! 여기는 집이 다 길어, 언니!"

졸음에서 깨어난 보라가 탄성을 질렀다. 한 시간 넘게 달린 차가 드디어 멈췄다. 길가에 외딴 구멍가게가 하나 있고, 그 앞 의자에 논라가 놓여 있는 게 보였다. 논라는 뜨거운 해를 가리기 좋은 넓은 고깔모자다. 가게에서 한 사람이 뛰어나와 우리를 반겼다.

"왔구나!"

외숙모였다. 엄마가 외숙모와 영상통화를 할 때 나도 가끔 얼굴을 내밀고 인사했던 터라 바로 알아볼 수 있었다. 외숙모는 먼 길에 지친 우리에게 코코넛주스를 건네며 우리를 하나하나 안아 줬다. 우리는 짐을 들고 배를 타기 위해 강기슭으로 갔다. 삿대를 잡고 있던 아저씨가 나를 보고 웃으며 아는 척했다.

"수아는 애기 때 얼굴이 그대로 있네."

낯선 마음을 숨기고 나도 밝게 인사했다.

아저씨는 능숙하게 짐을 옮겨 배에 실었다. 모터가 달린 긴 나룻배다. 전에 있던 우리 집 배는 팔아버려서 이웃에게 삯을 내고 빌려 왔다고 했다. 나는 재빠르게 배에 올라 균형을 잡았지만 보라와 지후는 기우뚱거리며 으아악 소리를 몇 차례 지른 후에야 자리를 잡고 앉았다.

해가 머리 위에서 이글거렸다. 짠맛 나는 강물이 튀어 올라왔다. 외숙모가 머리 위에 하나씩 얹어 준 논라 끈을 당겨 목에 걸었다. 햇볕과 바람과 물방울을 논라가 다 막아 줬다. 배는 빠르게 달려 우리를 할머니 곁으로 데려갔다.

할머니는 강기슭으로 나와 우리를 기다리고 있었다. 영상통화로 만났을 때보다 더 여위어 보였다. 나는 배에서 뛰어올라 할머니를 끌어안았다. 보라와 지후까지 달려들어 우리는 한 덩어리가 됐다. 더워, 더워, 이제 그만해. 나는 보라와 지후를 엉덩이로 밀어내며 할머니 어깨를 감싸 안고 집으로 들어갔다. 전에 살던 집을 허물고 삼촌이 새로 지은 집이다. 입구부터 깊은 안쪽 부엌까지, 벽과 바닥을 덮은 푸른색 타일이 시원하게 느껴졌다. 우리는 떠들썩하게 집을 구경했다. 넓은 거실에는 커다란 탁자와 제단이 놓여 있고, 찌우가 쓰는 작은 방에서는 에어컨이 돌아가고 있었다.

"우아아앗, 에어컨이다."

보라가 신나게 소리쳤다.

"저게 찌우가 받은 상이다. 작년에 성적 올라서 에어컨 사 주기로 했는데 여태 미루다 어제 달았지 뭐냐. 더우면 너희들 잠 못 잔다고 외삼촌이 갑자기 서두르더라."

외숙모가 싱글벙글 말했다.

"찌우야, 반가워. 우리 전에 영상통화로 만났었지? 성적이 올랐다고? 이건 누나가 주는 상!"

나는 어린 사촌 동생에게 따로 챙겨 온 지렁이 모양 젤리를 줬다. 부끄럼쟁이 찌우가 배시시 웃었다.

거실 한편엔 해먹이 두 개 놓여 있었다. 그중 하나는 할아버지가 어린 삼촌을 위해 만들어 줬던 것인데, 내가 물려받아 썼었다. 나무틀에 내가 했던 낙서가 그대로였다. 반가웠다. 해먹에 누워 흔들거리며 벽과 천장을 기어다니던 도마뱀을 세던 일도 오롯이 되살아났다.

"내 해먹이네요? 어떻게 이게 여태까지 있어요?"

"아버지가 튼튼하게 만든 덕분이지. 그물은 삭아서 몇 번 갈았는데 틀은 지금도 짱짱해."

삼촌이 나무틀을 어루만지며 말했다.

"수아야, 여기 인사드려라."

할머니가 향에 불을 붙여서 나에게 줬다. 보라도 지후도 향을 나눠 받고 제단 앞에 섰다. 나는 제단에 놓인 할아버지 사진을 마주 보고 향을 든 손을 이마 높이로 올려 묵념한 뒤 향을 꽂았다. 동생들이 따라 했다.

"언니, 이거 누구한테 기도하는 거야?"

"조상님들한테 인사드리는 거야. 한국에서 제사 때 절하는 거랑 비슷해. 송싸이공에도 제단 있잖아. 미용실에도!"

지후가 날름 대답했다.

"벽에 높이 걸어 놓은 거? 그건 작은데 이건 엄청 크네. 아니다, 여기 벽에도 작은 제단이 있구나. 밑에 또 있고. 제단이 세 개나 되네? 신기하다. 여기는 제사상에 망고가 있어! 이건 뭐더라? 리치 맞지?"

보라는 또 신기한 것이 있을까 호기심 가득한 눈으로 주변을 둘러봤다. 그때 외삼촌이 우리를 밖으로 불러냈다. 새우 보러 가자!

영웅 증서

집 뒤쪽으로 커다란 연못이 일곱 개 있었다. 여기에 두꺼운 방수 비닐을 깔고 물을 받아 새우를 키운다고 한다. 지하수를 퍼 올리는 펌프가 시끄러운 소리를 내고, 각 연못을 가로질러 십자형으로 설치된 꼬마 풍차가 바쁘게 돌고 있었다.

"이 안에 새우가 있다고요? 안 보이는데? 새우야, 새우야!"

지후가 물속을 굽어보며 새우를 불렀다.

"잘 보면 보일 거야. 저 뒤에 있는 작은 연못은 애기 새우 키우는 보육실이야. 거긴 작아서 잘 안 보여."

"보인다, 보여. 여기 새우 보인다!"

"보육실에서 옮겨 온 새우가 여기서 더 크면 저 옆으로 또 옮기는 거야."

외삼촌이 설명하며 연못 한가운데까지 이어진 좁은 널빤지 위를 가볍게 걸어갔다.

"여기서 새우한테 먹이를 주는 거야. 여기로 와 볼래?"

지후가 신나게 나서니 보라가 말렸다.

"너 그 덩치로 저기를 걸어간다고? 양식장 다 부술 일 있냐?"

지후가 주춤했다. 외삼촌은 괜찮다며 날래게 걸어 나와 지후 손을 잡아끌었다. 중간쯤에서 널빤지가 휘청하니 지후가 어후후, 하고 무릎을 굽혀 바닥을 짚었다.

"안 되겠다. 새우야, 미안해. 밥은 나중에 줄게!"

지후가 새우에게 양해를 구하며 네발짐승이 돼서 뒤로 기어 나왔다. 둘레에서 구경하던 애 어른이 다 손뼉을 치면서 웃었다. 나와 보라도 순서대로 외삼촌 손을 잡고 널빤지를 건너가 새우를 구경했다. 작은 다리를 흔들며 헤엄치는 새우가 물속에 가득했다.

외숙모가 준비한 음식을 차렸다. 우리에게 주려고 아침에 새우를 건져 뒀다고 했다. 넓은 거실 바닥에 찐 새우와 게가 담긴 커다란 솥이 놓이고, 그 옆으로 채소, 삶은 쌀국수, 양념한 느억맘이 차려졌다. 음식을 가운데 두고 모두 둘러앉았다. 지후가 마음에 든 찌우는 그 옆에 바짝 붙어 앉았다. 얼굴을 찌푸려 웃긴 표정을 짓고 있는 지후를 올려다보며 찌우가 키득거렸다. 그 맞은편에 나랑 붙어 앉은 보라가 속닥거렸다.

"언니, 왜 식탁에서 안 먹고 바닥에서 먹어?"

"여기선 원래 그래."

"그럼 저 커다란 식탁은 뭐에 써?"

"장식용? 나도 몰라. 여기서는 바닥에서 먹는 걸 더 좋아해."

"아이 뭐야."

보라가 소곤대며 새우를 집으려 하자 할머니가 잠깐 기다리라고 손짓했다.

"이 할미가 싸 줘야지."

할머니가 능숙하게 새우를 까더니 반짱에 상추를 올리고 새우, 국수, 여러 채소를 넣어 고이꾸온을 만들었다.

"자, 먹어 봐라."

맛있다! 하나씩 받아먹은 순서대로 탄성을 질렀다.

"언니, 이 라이스페이퍼를 베트남 말로 뭐라고 하지?"

"반짱."

"아, 맞다. 월남쌈은 고이꾸온, 맞지?"

"맞아!"

지후가 먼저 대답하며 보라를 대견하다는 듯 바라봤다.

"새우 맛 어때? 우리 새우가 제일 달단다."

외삼촌이 자랑했다. 주변에 새우 양식을 하는 집이 많아졌는데, 정부에서 이 지역의 주요 산업으로 새우 양식을 추천하고 장려하기 때문이란다. 외삼촌도 정부의 지도를 받아 기술을 배워 가며 양식장을 운영하는 거라고 했다.

"한국에서는 이런 새우 못 먹지. 있을 때 많이 먹어라."

외숙모 손도 어찌나 빠른지 순식간에 고이꾸온을 수북이 만들어 냈다.

그렇게 푸짐한 식사가 끝났다. 이제 선물 전달 시간이다. 가방에서 가족과 친척들에게 드릴, 엄마가 고르고 고른 선물이 줄줄이 나왔다. 찌우는 그 자리에서 티셔츠와 반바지를 갈아입고 가방까지 멘 채 방을 뛰어다녔다. 보라가 엄마에게 영상통화를 걸어 그 모습을 생중계했다. 이쪽에서도 저쪽에서도 반가운 웃음이 터져 나왔다. 엄마는 끝내 눈물을 찍어 냈다. 엄마의 엄마도 눈가가 촉촉해졌다. 까마우 출신 이모들이 자기 가족에게 보내는 선물 꾸러미도 여러 개 나왔다.

"이것 봐, 우리 산타 할아버지 맞지?"

우쭐한 지후가 둠칫둠칫 어깨를 흔들며 말했다.

외숙모는 꾸러미마다 적혀 있는 이름과 전화번호를 보고 이 집 저 집 전화해서 선물이 도착했다고 알렸다. 선물은 주인을 만나기 위해 배 타고 오토바이 타고 또 먼 길을 가게 될 것이다. 갑자기 어두워지더니 거센 바람이 불고 소나기가 내렸다. 외삼촌이 반가워했다. 드디어 스콜이 쏟아지는구나!

"할무니, 우리 할무니, 왜 아프고 그래요?"

에어컨 있는 방을 마다하고 나는 할머니 곁에 누워 응석을 부렸다.

"왜 아프기는. 사람이 늙으면 아프기도 하고 그런 거지."

"그래도 우리 할머니는 아프면 안 되지. 할머니 이제 아프지 마요. 내가 자주 와 볼 수도 없고 속상해."

"속상하기는. 내 걱정은 말고 너희들이나 건강하게 잘 지내라. 여기는 삼촌이 있잖니."

할머니가 내 궁둥이를 토닥였다. 어릴 적 이후로 처음이었다.

"참, 너 이거 한번 볼래?"

갑자기 뭔가 생각난 듯 할머니가 일어나 장을 열고 낡은 앨범을 하나 꺼냈다. 낯익은 앨범이었다.

"이거 봐라, 네 증조할아버지가 받은 영웅 증서다."

"영웅 증서요? 그게 뭔데요?"

"전에 네가 물었지? 증조할아버지가 어느 편에서 싸웠느냐고. 이게 할아버지가 통일을 위해 싸웠다는 증서야."

"그게 지금까지 그대로 있어요?"

"그럼. 얼마나 소중하게 간직했는데. 학교 선생으로 일하던 아버지가 전쟁터로 가고 어머니랑 나는 지게 지고 다니며 장사해서 먹고살았다. 쌀, 채소, 성냥, 지고 다닐 수 있는 건 다 지고 다니며 팔았지. 길에 솥 걸어 놓고 국수도 팔고. 그러다 마침내 전쟁이 끝났어. 우리가 미국을 이겼다고, 나라가 통일됐다고 난리가 났는데 아버지는 돌아올 수 없었지. 아버지 전사 소식 왔을 때는 제대로 울지도 못하던 어머니가 이걸 받고는 통곡을 하더라. 네 아버지 목숨이 여기 들었다, 하면서."

할머니는 마디 굵은 손으로 빛바랜 증서를 조심스럽게 어루만졌다. 나는 할머니 손에 내 손을 포개 얹었다.

"우리 할머니 참 고생 많으셨네… 어, 이건 뭐예요?"

나는 앨범에 붙어 있는 누런 종이 쪼가리를 가리켰다. 내 손바닥보다 작았다. 적힌 글씨가 희미하게 바래 있었다.

cùng ăn, cùng ở, cùng làm việc, cùng nói tiếng dân tộc.

나는 눈을 바짝 대고 글을 읽었다.

"꿍 안, 꿍 어, 꿍 람 비엑, 꿍 노이 띠엥 연 똑."

함께 먹고, 함께 살고, 함께 일하고, 같은 민족 언어로 말하라는 뜻이었다.

"할머니가 하던 말이네요?"

"아버지 글씨야. 아버지가 숨겨 뒀던 책에 끼워져 있더라. 아버지가 자주 하던 말인데 그때는 당신이 지어낸 말인 줄 알았지."

"그런데 아니었어요?"

"알고 보니 무슨 구호 같은 거더라. 통일된 뒤로 여기저기서 많이 들었지. 당에서도 하고 군인이랑 경찰들도 하고. 누가 먼저 했든 참 좋은 말 아니냐?"

아침에 깨어 보니 타일 바닥에 밤새 죽은 날벌레들이 까맣게 내려앉아 있었다. 할머니와 외숙모가 부엌에서 아침 준비하는 소리가 들렸다. 나는 빗자루를 들고 발에 밟히는 날벌레를 마당으로 쓸어 내렸다. 강물이 아침 햇빛을 받아 반짝였다. 동생들도 깨어나 눈을 부비며 나왔다. 찌우와 지후는 같이 자면서 더 정들었는지 아주 딱 달라붙어 있었다.

"니들은 새로운 껌딱지 조합이냐? 지후, 찌우, 이름도 비슷해 가지고!"

보라가 찌우 허리를 잡고 지후에게서 떼어 내려 하자 찌우와 지후가 편을 먹고 보라를 막았다. 언니, 붙어! 나는 보라 뒤에 붙어서 뛰고 당기며 한바탕 꼬리잡기를 했다. 아침 공기에도 땀이 흠뻑 났다. 이마의 땀을 훔치다 문득, 베트남에 살 때 친구들과 뛰어놀았던 기억이 떠올랐다.

"언니가 일곱 살까지 여기서 살았던 거야?"

"어, 근데 이 집은 새로 지은 거야. 양식장도 새로 만든 거고. 마당하고 저 앞에 코코넛나무들은 그대로네. 나무가 더 많아졌어. 저 창고 자리도 그대로고."

창고 안에는 코코넛이 가득 쌓여 있었다. 문 앞에 까 낸 지 얼마 안 된 코코넛 껍데기가 수북했다. 다 우리가 어제 먹은 것들이다.

"물이 안 맞으면 배탈 날 수 있어. 너희들은 이것만 마셔라."

우리는 박수를 치며 외숙모의 말을 반겼다. 물 대신 달콤한 코코넛주스만 마시라니 완전 횡재다. 보라는 코코넛을 끌어안고 하얗고 부드러운 속을 숟가락으로 긁어 먹으며 좋다고 흥흥거렸다.

"너희들 아침 먹고 친척 할아버지 제사에 갈래? 친척들 다 모이니까 가서 인사드리자."

외삼촌이 제안했다.

"어떤 친척 할아버지요?"

"네 외증조할아버지의 사촌 큰형님 제사가 오늘이야."

"갈래요! 무조건 갈래요!"

나보다 지후가 먼저 대답했다.

"치, 지네 할아버지도 아니면서! 나도 갈래. 나도 엄마 딸이니까 내 할아버지 맞지?"

샐쭉한 보라의 말에 지후가 떼쓰는 시늉을 했다.

"나도 할아버지 손자 할 거야. 나도 데려가!"

흐뭇해진 외삼촌이 보라와 지후 어깨를 두드리며 말했다.

"그럼, 보라 할아버지 맞지. 지후도 가자. 아홉 시에 시작하니까 서둘러야 한다."

제사에 참석하려면 배를 타고 가야 하는 데다 사람이 많이 모이는 자리라고 했다. 아직 회복기인 할머니에게는 무리였다. 할머니를 집에 남겨 두고 온 가족이 출동했다. 크고 작은 강줄기를 바꿔 타 가며 배가 한참을 달렸다.

도착하니 많은 이들이 모여 있었다. 제사는 이미 시작된 뒤였다.

제사상이 차려진 방에서 나이 드신 어른들 몇 분이 향을 피워 올리고 있었다. 다른 이들은 마당과 집 안에 앉고 서서 안부를 나눴다. 베트남 제사는 한국처럼 자손들이 다 같이 절하지 않는다. 집안 어른들 몇 분만 향을 피우고 기도한다.

"여기 수아 왔어요. 호아 누이 딸 수아요."

외삼촌이 나를 소개했다. 어른들은 내 손을 잡으며 수아가 이렇게 컸구나, 얼굴이 그대로네, 애기 때 가더니 아가씨가 돼서 왔네, 하며 반가워들 했다. 할머니를 통해 간간이 소식을 들었던 분들이다. 다들 나를 기억하시는구나, 왠지 마음이 울컥했다. 삼촌이 보라와 지후도 소개했다.

"보라도 호아 누이 딸이고요, 지후는 같이 온 친구예요. 지후 엄마가 껀터 사람이래요."

어른들을 따라 들어가니 부엌이다. 꼬맹이들이 모여서 오물조물 밥을 먹고 있었다. 찌우가 아이들에게 알은체했다. 나도 집안 행사나 제사 때면 친척 아이들과 몰려다니며 밥을 먹었다. 그 아이들은 다 잘 지내고 있을까? 삼촌에게 물으니 누가 어디서 학교를 다니는지 알려 줬다. 다들 집을 떠나 큰 도시로 가 있었다.

"지금 방학일 텐데 집에 안 왔대요? 얼굴 보면 알지도 모르는데."

"방학이라도 학원 다니느라 바빠서 왔다가 바로 가나 봐. 지금은 아무도 안 왔나 본데?"

삼촌이 친척들을 둘러보며 말했다. 여기 애들도 방학에 더 바쁘구나. 어느 나라나 애들은 공부하느라 힘들다.

"언니, 저기 좀 봐! 제사상에 반미 빵이 있어. 어? 저건 초코파이네."

보라가 신기한 것을 발견했다며 손짓했다. 나는 *끄덕끄덕* 고갯짓을 했다.

"언니, 이리 와 봐. 집 옆에 무덤이 있어. 여기 사진도 붙어 있어. 이 할머니 할아버지 무덤인가 봐. 와아, 특이하다!"

나는 또 고개를 *끄덕*였지만, 하나도 낯설지 않았다. 어릴 적 봤던 베트남이 내 기억 어딘가에 그대로 남아 있나 보다. 지후는 어린아이들 틈에 끼어 앉아서 또 장난을 치고 있었다. 지후의 짧은 베트남어와 익살에 아이들이 박수 치며 까르륵거렸다.

눈 깜짝할 사이 나흘이 지났다.

"또 오너라."

할머니가 나를 꼭 끌어안고 말했다. 목소리에 물기가 어렸다. 씩씩하게 굴어! 마음속으로 외치고 나는 명랑하게 인사했다.

"우리 할무니, 아프지 마요. 금방 또 올게요!"

오히려 보라와 지후가 쉽게 돌아서지 못했다. 보라는 할머니에게 안겨 눈물을 보였고, 지후는 찌우를 옆구리에 끼고 놓지 않았다. 집 앞에 배를 대고 얼른 타라고 재촉하는 아저씨가 아니었으면 족히 한나절은 서로 붙들고 있었을 것이다.

　우리는 차 타는 곳까지 함께 가겠다는 외삼촌을 만류하고 배에 올랐다. 들어올 때 탔던 렌터카 회사 후계자의 차를 다시 타는 거라 아무 걱정 없었다. 후계자는 여전히 유쾌했다. 외숙모는 차를 잘 탔느냐, 버스 터미널에 잘 도착했느냐, 매시간마다 전화해서 우리 안전을 확인했다.

성진아 반가워

버스를 타고 잠들었다 깨어나 보니 벌써 껀터였다. 한 번 타 봤
다고 그새 침대버스가 익숙해졌는지 마음이 편했다. 터미널에 내
려 두리번거리는데 멀리서 누가 손을 흔들며 다가온다. 지후의 외
사촌인 롱 오빠다. 오빠는 쾌활하게 인사하더니 곧바로 지후에게
헤드록을 걸었다. 남자들이란!

"보라, 수아, 안녕. 반갑다."

오빠는 이미 우리 이름도 알고 있었다.

"내가 미리 사진 보내 줬지."

지후가 어깨를 으쓱했다. 몇 년 만에 만난다면서도 두 사람은
꽤나 친해 보였다.

"둘이 왜 이렇게 친해?"

"게임에서 자주 만나거든."

"그렇다고 보자마자 헤드록을 걸어?"

"나 여기 있을 때 형이랑 레슬링 하면서 놀았거든. 그때는 형 헤드록에 내가 꼼짝 못 했는데, 지금은 내가 이길 거 같지 않냐?"

"에이, 내가 보기엔 아닌데!"

보라와 지후가 옥신각신했다. 오빠가 두 사람을 재촉해서 차에 태웠다.

껀터 시내를 벗어나자 집은 몇 채 안 보이고 드넓은 밭이 펼쳐졌다. 밭에서 여러 작물이 푸르게 자라고 있었다. 집에 도착하니 지후 큰외삼촌과 큰외숙모가 달려 나와 우리를 반겼다. 큰외삼촌 댁에는 방이 꽤 많았는데 롱 오빠의 형제들이 다들 다른 지역에 살고 있어 거의 비어 있었다.

지후는 먼저 제단 앞에 섰다. 제단에는 돌아가신 지후 외할아버지와 외할머니 사진이 있었다. 향을 피우고 높이 들어 예를 올리는 지후 옆에서 나와 보라도 함께했다. 지후 외할머니는 나도 뵌 적이 있다. 한국에 오셨을 때 우리 할머니와 친하게 지내셨다. 할머니 장례 땐 후이엔 이모만 급히 오고 학기 중이었던 지후는 같이 오지 못했다. 할머니 사진을 보고 있자니 아프고 여윈 우리 할머니가 생각나 쓸쓸한 마음이 들었다. 지후 외숙모가 음식을 잔뜩 차려 놓고 어서 와 앉으라고 손짓했다.

지후가 선물을 꺼냈다. 후이엔 이모가 얼마나 신경 써서 준비했는지 알 수 있었다. 엄마도 이모들도 가족을 생각하는 마음이 정말 대단하다. 생활이 곤란할 때도 어떻게든 아껴서 돈을 보내고 선물을 챙긴다. 엄마는 외삼촌 새우 양식장이 자리 잡을 때까지 여러 번 돈을 보내 도왔다. 아빠도 당연히 그래야 한다고 흔쾌히 마음을 보탰다.

"이건 둘째 외삼촌, 이건 셋째 외삼촌, 이건 큰이모, 이건 작은이모요."

자리에 없는 다른 형제들에게 보내는 선물을 전하고, 동네 이모들이 자기 가족에게 보내는 선물 꾸러미도 꺼내 놓았다. 지후는 빈 가방을 털털 흔들었다.

"미션 클리어!"

지후 외삼촌이 지후 어릴 때 일을 이야기했다. TV 앞에서 춤추고 노래하는 걸 그렇게 좋아하더니, 베트남 말은 몇 마디 못 하면서 노래는 다 따라 부르더라, 하고는 예의 그 강아지 사건도 이야기했다. 지후가 헤벌쭉 웃으며 제 이야기를 들었다.

"이 거대 강아지가 대체 어디서 만행을 부렸다는 거야? 가 보자."

보라가 지후를 마당으로 끌고 나갔다.

"여기야 여기, 강아지 집 앞에. 그때는 강아지가 아주 많았는데 지금은 한 마리밖에 없네?"

지후 말을 듣던 롱 오빠가 강아지 머리를 쓰다듬며 말했다.

"그때 망망이가 새끼를 일곱 마리나 낳았지. 새끼들이 꼬물꼬물 돌아다닐 때 너도 같이 굴러다녔잖아. 얘는 망망이 손자야."

다음 날 새벽 일찍 우리는 오빠를 따라 까이랑 수상시장으로 출발했다. 껀터강 선착장에서 배를 타고 20분가량 가니, 과일과 채소를 가득 실은 배들이 나타나서 우리 배에 다가와 물건을 사라고 들어 보였다.

"우선 분맘을 먹자. 다들 괜찮지?"

오빠가 우리 대답을 기다리지도 않고 선장에게 분맘을 파는 데로 가자고 했다. 선장이 배를 틀었다. 보라가 어리둥절한 표정으로 물었다.

"분맘?"

"어, 젓갈로 국물 낸 국수. 전에 할머니가 해 준 적 있어. 너도 잘 먹었잖아."

"내가 잘 먹었다고? 생각 안 나는데."

선장이 배를 쏜살같이 몰아 국수 배에 바짝 붙이고 분맘을 주문했다.

"부부가 장사하는 배야. 이 집 국수가 최고지. 와서 국수 마는 거 봐라."

선장의 말에 우리는 우르르 뱃머리로 나가 좁은 배에서 국수 마는 장면을 구경했다. 어찌나 능숙하고 빠른지 손이 휘릭 지나니 국

수 한 그릇이 만들어졌다. 우리 할머니만큼이나 빈틈없는 손길이
었다.

"이 맛! 생각났어!"

보라가 국물 한 모금에 분맘을 기억해 냈다. 분맘은 남부식 쌀
국수다. 젓갈 냄새가 강해서 베트남 사람 중에도 싫어하는 사람이
있다. 나는 어려서 자주 먹던 것이라 무척 반가웠다. 지후는 최고
라며 왼손 엄지손가락을 치켜세운 채 국수를 흡입하기 바빴고, 보
라도 국수 그릇에서 머리를 들지 않았다. 그 모습에 오빠가 흡족하
게 웃었다.

"까이랑 수상시장이 전에 비해서 아주 작아졌어. 전에는 여기
모여서 농산물을 사고팔았는데, 지금은 관광객 중심으로 운영하
는 정도거든."

눈을 들어 살펴보니 진짜 그랬다. 관광객이 탄 배 주변으로 장
삿배들이 모여 있었다. 장 보러 나온 지역 사람은 거의 보이지 않
았다.

"왜 그런 건데, 형?"

"아마 도로가 많이 놓이고 운송이 편해져서 그런 거겠지? 더 이
상 배 위에서 물건을 사고팔 필요가 없어진 거지."

깨방정 지후가 유독 진득하게 듣는다. 보라는 우리 지후가 달라
졌어요, 하며 놀리기를 잊지 않았다. 수박이며 두리안, 애플망고를
잔뜩 사 들고 집으로 돌아온 우리는 뜨거운 해를 피해 낮잠을 잤

다. 어른들이 모두 외출한 집 안은 조용했다.

맹렬한 스콜이 지나고 시원한 바람이 불었다. 우리 때문에 피곤했을 오빠는 그냥 두고, 지후와 보라만 깨워 집을 나섰다. 어슬렁거리며 동네를 한 바퀴 돌고 가게를 찾아 아이스크림을 사 올 작정이었다. 비에 씻긴 잎사귀들이 선명하고 아름다운 초록빛을 뿜었다. 보라와 지후는 티격태격하면서도 한시도 쉬지 않고 수다를 떨었다.

"얘들아, 조용히 해. 그렇게 떠들면 한국인들은 다 시끄럽다고 흉본다."

그래도 여전히 시끄러운 동생들과 함께 한 집 앞을 지나는데, 남자아이 하나가 급히 뛰어나오다 우리 앞에 턱 멈춰 섰다. 우리도 걸음을 멈췄다. 아이가 말끄러미 우리를 봤다.

"짜오, 앰."

내 인사에 아이가 입을 벙긋했다.

"저기, 누나."

"어? 너 한국 사람이야?"

아이가 한국말을 하니 놀랍고 반가웠다.

"누나도 한국 사람이야?"

"우리 셋 다 한국 사람. 너 이 집에 살아? 누구랑? 이름이 뭐야?"

"할머니 할아버지랑. 장성진, 내 이름이야."

아이는 길에서 들려오는 한국말이 반가워 달려 나왔다고 했다.

헤이 맨
성진아 반가워 신짜오
한국말 잘하오 멋지오
아이스크림 파는 데 아시오?

지후가 어깨를 으쓱거리며 랩을 했다. 성진이가 비죽 웃으며 손가락으로 방향을 가리키더니 자기가 앞장섰다. 앞서가는 지후와 성진이 쪽에서 웃음소리가 끊이지 않았다. 한참을 걸어가니 작은 가게가 나타났다. 이거 맛있어, 성진이가 추천해 준 아이스크림을 하나씩 물고 우리는 길을 되짚어 걸었다.

성진이는 오랜만에 한국어로 말하니 아주 신난다고 했다. 전에는 주말마다 할아버지와 오토바이를 타고, 멀리 시내에 있는 센터에 가서 한국 선생님들을 만나고 한국어를 하는 친구들과 놀았단다. 하지만 요즘은 할아버지가 편찮으셔서 못 간다고.

"학교는?"

"베트남 학교에 가. 그냥 앉아 있어. 말을 아직 몰라."

마음이 아팠다. 일곱 살에 한국으로 가서 말을 배우느라 고생했던 기억이 떠올랐다. 우리는 천천히 걸으며 성진이 이야기를 들었다.

열 살인 성진이는 외가에 와서 산 지 1년 남짓 됐다. 유치원 다 닐 때 아빠가 집을 떠나고 엄마와 둘이 살다가 베트남 외가로 왔 다. 처음에는 엄마도 같이 살았는데 몇 달 전 호찌민에 있는 회사 에 취직했다며 떠났다. 돈 벌어서 데려갈게, 엄마가 약속했는데 그 게 언제일지는 모른다.

"그럼 넌 뭐 하면서 지내?"

"게임….."

"여기 친구 없어?"

"있어. 그런데 재미없어. 게임이 더 좋아."

멀리서 성진이를 부르는 소리가 들렸다. 성진이 할머니였다. 할 머니는 성진이를 감싸며 우리를 살폈다.

"할머니 안녕하세요. 저희는 한국에서 왔어요."

나는 최대한 공손하게 인사드렸다.

"한국 사람들이라고? 아 참, 후이엔 아들이 온다더니 너로구 나!"

금세 지후를 알아본 할머니가 지후 등을 토닥였다.

"아이고, 많이 컸네. 내가 쑤언 할미다. 너 우리 쑤언이랑 잘 놀 았잖니."

머리를 긁적이던 지후는 그제야 생각난 듯 말했다.

"쑤언? 맞다, 여기가 누나 집이었지! 누나는 집에 없어요?"

"쑤언은 벌써 결혼했지. 시내에서 미용실 하고 있어. 애 엄마가 쑤언 고모 아니냐."

"성진이 너, 쑤언 누나랑 사촌이었구나! 이거 참 반갑구만."

지후가 성진이의 손을 잡고 힘차게 흔들었다.

우리는 할머니 손에 이끌려 집으로 들어가 저녁을 대접받았다. 말없이 사라진 우리를 찾아 나왔던 롱 오빠도 합류하니 제법 큰 잔치가 됐다. 허리가 아파 누워 지내신다는 성진이 할아버지까지 나와서 성진이가 밝게 장난치는 모습을 지켜보셨다. 집에서 성진이는 벙(예), 콩(아니요), 부온짠(심심해) 외에는 거의 말을 하지 않는, 무척이나 과묵한 어린이라고 했다. 우리 성진이 무슨 게임 하는지 볼까, 하며 컴퓨터를 살펴보던 지후는 이내 눈을 반짝였다.

"나도 이 게임 하는데! 우리 나중에 게임에서 만나자, 성진아!"

그날 밤 성진이는 우리를 따라왔다. 지후와 몸싸움을 하다 헤드록에 걸려 캑캑대고, 육중한 지후에게 깔려 항복을 외쳤다. 그러곤 또 그 옆에 붙어 조잘조잘 쉬지 않고 말을 했다. 찌우에 이어 두 번째 껌딱지야, 안쓰러운 눈으로 보던 보라가 말했다.

성진이는 우리가 가는 모습을 담담하게 지켜봤다. 우리 셋을 돌아가며 한 번씩 안더니 제 할머니 곁에 의젓하게 섰다. 차를 타고 떠나는 우리가 안 보일 때까지 어른들과 성진이가 손을 흔들었다.

"성진이가 울 줄 알았어. 생각보다 표정이 밝네?"

차 뒤쪽 창에 붙어 마주 흔들던 손을 멈추며 내가 말했다.

"내가 성진이 마음을 꽉 잡아 줬지."

지후가 대답했다.

"어떻게?"

"누나 얘기를 해 줬어."

"내 얘기? 뭐?"

"응. 누나도 베트남에서 살다가 초등학생 때쯤 한국 왔잖아. 누나 한국말 새로 배우느라 버벅거리는 거 나도 옆에서 봤고. 그런데 지금은 두 나라 말을 자유롭게 하잖아. 머리 나쁜 수아 누나도 하는데 똑똑한 네가 왜 못 하겠니. 너는 더 잘할 수 있어. 그렇게 말해 줬지."

"뭐? 버벅거려? 머리 나쁜 수아 누나? 이게 진짜!"

나는 앞자리에 앉은 지후에게 연타로 주먹을 날렸다.

"헤헤, 꼭 그대로 말한 건 아니고 비슷하게 말했다고. 나도 어릴 때 여러 번 외갓집에 와 있었잖아. 베트남 말은 하나도 모르고, 죽을 맛이었거든. 처음 왔을 때는 진짜 애기였지. 그때 무서웠던 게 기억나. 엄마가 나를 데리러 올까? 엄마가 안 오면 어떡하지? 매일 불안했어. 그런데 두 번째부터는 걱정이 별로 없었어. 엄마가 올 거라는 걸 알고 있으니까. 성진이한테 그랬지. 엄마가 바빠서 그러는 거야. 돈 벌어서 너 데리러 꼭 올 거야, 걱정하지 마. 너는 학교 잘 다니고 베트남 말 빨리 배워. 내가 한국 가서 연락할게. 게임에서 만나자."

"올, 박지후, 쫌 멋진데?"

웬일로 보라가 지후를 추어줬다. 롱 오빠도 성진이에게 베트남 말을 가르쳐 주겠다고 했다. 길에서 성진이를 가끔 봤지만 따로 신경 쓰지 못했다고, 그렇게 힘들어하는 줄 몰랐다고.

우리는 껀터에서 다시 침대버스를 타고 호찌민으로 이동했다. 껀터와 호찌민을 오가는 버스는 엄청나게 고급이었다. 푹신한 침대와 액정 TV, 휴대폰 충전기가 갖춰져 있었다. 각 자리마다 양옆으로 달린 두툼한 커튼을 치면 제법 안락한 공간이 됐다.

"비행기보다 더 좋아!"

보라가 기뻐했다.

차가 평원을 달린다. 파랗게 빛나는 하늘에서 태양이 이글거린다. 우기에 비가 왜 이리 안 오는지 모르겠다던 외삼촌 말이 떠올랐다. 매일 오후 신나게 쏟아져야 할 스콜이 우리가 있는 동안 단 두 번 내렸을 뿐이다. 커튼 틈새로 보라가 보인다. 이어폰을 꽂고 과자를 먹고 있다. 아래층의 지후는 편안한 자세로 잠들었다. 나는 프엉 할머니를 생각했다. 할머니는 어떤 모습으로 살고 계실까.

소원초

남쪽의 호찌민에서 북쪽의 하노이까지 기차로 34시간 정도 걸린다고 한다. 기차에서 두 밤을 자야 한다. 우리 목적지인 다낭까지는 17시간이다. 기차에서 하룻밤만 지내면 된다.

"한 번도 해 본 적 없는 기차 여행을, 무려 베트남에서, 그것도 열몇 시간을!"

기대인지 푸념인지 모를 지후의 말에 나는 흐흥 하고 웃어 보였다. 보라는 플랫폼에 선 기차를 배경으로 셀카를 찍었다. 우리는 딱딱한 나무 의자, 쿠션 의자, 딱딱한 침대, 쿠션 침대 중에서 쿠션이 있는 침대칸을 골라 샀다. 침대칸은 창문을 따라 길게 이어진 복도에서 객실 문을 열고 들어가는 구조였다. 한 객실에는 양옆으로 3층, 총 여섯 개의 침대가 설치돼 있었다.

우리 자리는 2층과 3층이었다. 1층 자리를 사고 싶었지만 빈자리가 없었다. 나와 지후는 2층 자리를 하나씩 차지하고, 보라가 내 위 3층으로 올라갔다. 높이가 낮아 앉을 수는 없고 줄곧 누워 있어야 할 것 같았다. 1층 두 자리에는 젊은 엄마가 어린아이 둘을 데리고 탔다.

"큰일이네. 계속 이렇게 누워 있어야 되는 거야? 지후 너 어떡하냐, 꼼짝도 못 하겠지?"

암담한 마음에 불평과 걱정이 새어 나왔다.

"누워서 생각해 볼게. 뭔가 방법이 있지 않을까?"

몸집이 커 제일 불편할 지후가 느긋하게 말했다. 기차가 출발했다. 호찌민 시내를 나가는 동안 주택가를 지나기도 했다. 집이 철길에 바짝 붙어 있는 구간도 있었다.

"저 집들 시끄러워서 어떻게 살지?"

기찻길 옆 오막살이 아기 아기 잘도 잔다. 칙, 폭, 칙칙, 폭폭. 대답 대신 보라가 작은 소리로 노래했다. 곧 들판이 나타났다. 초록색 밭과 두터운 잿빛 먹구름이 서로 만나 긴 지평선을 이루고 있었다. 얼마 지나지 않아 스콜이 쏟아졌다. 거센 비에도 기차는 아랑곳없이 들판을 달렸다.

두 시간 경과. 몸이 배기고 좀이 쑤셔서 더 이상 누워 있기 힘들었다. 내가 먼저 아래로 내려가고 보라가 내려오고 지후가 내려왔다. 셋이 서니 가운데 통로가 꽉 찼다. 내 아래층 자리의 엄마는 작은아이를 품고 등을 보이며 누워 있었다. 대여섯 살쯤으로 보이는 큰아이가 지후 아래층에 앉아 눈을 깜박이며 우리를 봤다. 어린아이라 허리를 세우고 앉아 있기에 충분했다.

지후가 아이에게 과자를 나눠 주며 그 곁에 앉아 보려 했으나 허리를 펴지 못했다. 반쯤 누운 채 눈을 들어 위를 올려다보던 지후가 오호라, 하고 일어나더니 2층 침상을 접어 올려 고정시켰다. 비로소 허리를 펴고 앉을 만한 자리가 됐다. 지후가 아이 곁에 앉았다. 나도 슬쩍, 보라까지 슬며시.

나란히 앉은 우리는 만족해서 낄낄거렸다. 웃음소리에 아기 엄마가 깨어나 고개를 돌려 우리를 봤다. 보라가 날렵하게 일어나 지후가 했던 것처럼 반대편 2층 침상을 올려 고정시켰다. 아기 엄마도 일어나 앉으며 미소 지었다. 외국인들이라 대화가 통하지 않을 거라 생각해서 말을 하지 않는 것 같았다. 내가 큰아이에게 물었다.

"뗸 앰 라 지(이름이 뭐야)? 바오 니에우 뚜오이(몇 살이야)?"

아이와 엄마가 놀라며 동시에 말했다.

"호아. 다섯 살."

"베트남 사람이었어요? 난 또 외국인이라고."

"반은 베트남 사람이에요. 너 이름이 호아야? 우리 엄마 이름도 호아인데! 나는 수아야. 엄마가 베트남 사람이거든요. 애들도요."

나는 보라를 슬쩍 보며, 아이와 엄마에게 번갈아 대답했다. 호아 엄마가 가방을 뒤져 간식거리를 꺼내 우리에게 권했다. 고맙다는

인사도 깜빡하고 과자를 받아먹는 지후와 보라를 가리키며 내가
말했다.

"얘들은 베트남 말 못 해요."

"아니지! 나는 잘하지!"

용케 내 말을 알아들은 지후가 발끈했다.

"그럼 고맙습니다, 인사를 해야지, 인사를!"

아기 엄마가 괜찮다는 듯 손을 저으며 웃었다.

"어디까지 가요? 나는 냐짱까지 가요. 친정아버지 생신이라."

"우리는 다낭까지요. 할머니 만나러 가요."

지후는 그새 또 재미난 표정을 지어 호아를 사로잡았다. 보라가
자기 자리로 올라가 부스럭대더니 마스크 팩을 여러 장 가지고 내
려와 짠, 하고 펼쳐 보였다. 우리 세수하자.

웃으며 사양하는 호아 엄마를 빼고, 호아까지 넷이서 복도 끝에
있는 세면대로 요란스럽게 달려가 세수를 하고 돌아왔다.

"너는 얼굴이 넓어서 마스크 팩이 다 덮지를 못하네. 하나 더 줄
까?"

"괜찮아, 괜찮아. 하나로도 충분해. 눈이 안 보이잖아. 제대로 좀
붙여 봐."

실랑이하면서도 서로 챙기는 보라와 지후가 귀여웠다. 나는 호
아와 마주 앉아 마스크 팩 붙인 얼굴을 서로 토닥여 주며 히죽거
렸다. 호아네 가족이 내린 뒤로 우리 칸에 두 사람이 더 타고 내렸

다. 차츰 요령이 생겼다. 누워 있다 지겨워지면 복도에 나가 서성이고, 식당칸에 가서 컵라면을 사 먹으며 시간을 보냈다.

다낭역으로 마중 나오겠다는 프엉 할머니를 간신히 말렸다. 하루 정도는 누구에게도 신세 지지 않고 우리끼리 다녀 볼 작정이었다. 베트남에 와서 며칠 지내보니 자신감이 생겼고, 셋이 뭉쳐 다니니 두려울 것도 없었다.

우리는 택시를 흥정해서 호이안으로 이동했다. 호이안은 다낭에서 차로 30분 정도 거리였다. 주말이 시작되는 어제부터 다낭공항으로 한국인들이 무척 많이 들어왔다고, 택시 기사가 말했다.

"손님들도 한국인 같은데 어찌 그리 베트남 말을 잘해요? 더구나 남부 사투리를?"

"베트남이 좋아서 열심히 배웠어요."

"선생님이 남부 사람이었나?"

"맞아요. 남부 사람. 하하."

나에게 말을 가르쳐 준 할머니, 엄마, 외삼촌과 까마우의 이웃들, 송싸이공의 할머니들이 한꺼번에 떠올랐다. 내 선생님들!

호이안 시내로 들어서니 점심시간이 훌쩍 지나 있었다. 날씨가 찌는 듯했다. 여행 앱으로 예약한 숙소는 투본강을 바라보는 작은 게스트 하우스였다. 기차에서 잠을 못 자 피곤하고 덥고 배도 무척 고파서 바깥 구경은커녕 만사가 귀찮았다. 우리 시켜 먹을까? 지후의 제안에 보라도 나도 솔깃했다. 배달 음식은 지겹다고 집밥 타령을 하던 지후가 다시 배달 음식이 그리운 모양이었다.

우리는 앱을 뒤져 베트남에서 꼭 먹어 봐야 한다는 껌떰스언느 엉을 주문했다. 깨진 쌀을 모아 지은 밥에 구운 돼지갈비를 올린 음식이란다. 밥을 잔뜩 먹고 보니 어둠과 함께 기온이 조금 내려가 있었다. 어른들 없는 자유로운 밤을 즐기러 밖으로 나갔다. 게스트 하우스에서 받은 지도를 보며 야시장을 찾아 어슬렁거렸다.

큰길로 나가는 모퉁이를 도는 순간 놀라운 광경이 펼쳐졌다. 넓은 길이 화려한 불빛으로 가득했다. 다양한 물건이 담긴 카트가 빈 틈없이 길을 채우고, 수많은 사람이 야시장에 나와 있었다. 사람들이 웃고 사진 찍고 물건을 흥정했다. 더 놀라운 건 그 사람들 대부분이 한국인이라는 점이었다. 낮에 한산하던 투본강도 배로 가득했다. 둥근 등을 매단 배들이 강물 위에서 아름답게 출렁거렸다.

우리는 지후의 버킷 리스트라는 소원초 띄우기를 같이 하기로 했다. 소원초? 소원배? 베트남 상인들이 우리에게 손짓하며 한국말로 호객했다. 종이배에 양초를 세운 소원초를 사 들고 강물에 띄우러 가려고 소원배를 탔다.

"소원초를 강물에 띄우기 직전에 소원을 재빨리 빌어야 한대."

지후의 말에 나는 소원을 미리 생각해 뒀다. 검은 강물과 흔들리는 배, 작은 불꽃, 살랑대며 불어오는 바람. 감성에 젖었기 때문일까, 우리는 자못 경건한 마음으로 소원초를 강물에 띄웠다. 무슨 소원 빌었어? 비밀이야! 언니는? 나도 비밀이야!

이른 아침, 우리는 세상에서 제일 맛있는 반미 찾기를 위해 길을 나섰다. 보라의 버킷 리스트였다. 프엉 할머니가 반미 장사를 시작할 때 적당한 빵을 구해 냈던 일을 지금껏 자랑스러워하는 보라는 반미에 관심이 많았다. 베트남 반미는 어떤지 궁금하다고 버스 터미널이며 휴게소에서 반미가 보일 때마다 사 먹었다. 하지만 그때마다 고개를 저었다. 프엉표 반미에 못 미친다는 것이다.

호이안에서 최고 맛있다는 반미집을 게스트 하우스 주인에게 물어 미리 알아 뒀다. 유명한 맛집이라더니 아침부터 손님이 많았다. 우리 셋은 각자 반미를 하나씩 들고 하나 둘 셋, 동시에 베어 물었다. 바사삭. 바삭하고 얇은 빵 껍질, 보드라운 빵과 입으로 스며드는 속 재료.

"바로 이거였어! 프엉 할머니가 이 빵만 구할 수 있었어도 최고의 반미를 만들 수 있었을 텐데!"

보라가 외쳤다. 흥분해서 목소리가 커지는 보라를 지후가 워워, 하며 진정시켰다.

하미마을

프엉 할머니는 호이안 외곽에 살고 있었다. 주소를 지도에 찍어 보니 택시를 타면 쉽게 갈 수 있는 거리였다. 택시에서 내려 두리번거리다 작은 음식점을 발견했다. 저 식당에 물어보자, 하고 다가가는데 그 안에서 프엉 할머니가 쑥 나왔다.

"아이고, 인석들이 벌써 왔네! 하이빈도 곧 도착한다더라."

하이빈 언니가 우리를 한 번 더 보려고 오는 중이라고 했다. 가게로 우리를 몰고 들어간 할머니는 빛의 속도로 움직여 분보후에를 내놓았다. 베트남 중부 후에 지역의 대표 음식이라고 할머니가 송싸이공에서도 가끔 만들어 주던 소고기쌀국수다. 할머니는 보라와 내가 선지를 안 먹는다는 것을 기억하고 지후 그릇에만 선지를 듬뿍 넣어 줬다. 레몬그라스 향이 나는 매콤한 국물! 역시 최고야, 탄성을 지르며 우리는 후루룩 먹어 치웠다. 땀을 쏟는 우리에게 할머니가 선풍기를 대 주며 말했다.

"다낭에 한국인들이 무척 많이 오더라. 너희들 어디 가고 싶으냐? 바나힐에도 가 보고, 배 타고 소원초 띄우는 것도 해 보련? 한국 사람들이 그걸 그렇게 좋아한다면서?"

"소원배는 어제 탔는걸요. 바나힐 좋아요, 할머니."

몇 군데 놀러 갈 곳을 정하는 중에 하이빈 언니가 도착했다. 하늘하늘 밝은 옷을 입은 언니가 들어오니 가게가 다 화사했다. 할머니는 하이빈 언니에게도 분보후에를 한 그릇 만들어 주고 곁에 앉아 송싸이공 주변 이웃들의 안부를 묻기 시작했다.

채소 가게 안주인은 관절 안 좋다고 절고 다니더니 다 나았니?

정육점 주인 말이다. 아들한테 정육점 따로 차려 준다더니 어떻게 됐다던?

쌀집 딸은 시집갔고?

우리는 어리둥절한 눈으로 할머니를 바라봤다.

"할머니가 그런 걸 어떻게 알아요? 우리도 전혀 모르는 이야긴데요?"

"어떻게 알기는? 내가 거기서 몇 년을 살았는데 그걸 몰라?"

"한국말도 못 하시면서?"

"말 못 해도 다 통하는 게 있지! 파핫!"

할머니는 웃음 가득한 얼굴로 대답했다.

하긴, 프엉 할머니는 온몸으로 의사소통을 하는 재주가 있었다. 할머니가 돼지 앞다리를 사러 처음 정육점에 갔을 때 이야기다. 할머니가 '돼지 앞다리'라는 단어를 알 리 없다. 뭐 드릴까요, 묻는 정육점 아저씨에게 할머니는 자기 다리를 툭툭 쳐 보였다. 우족이요? 하며 냉장고에 든 커다란 우족을 가리키는 아저씨. 할머니는 난감해서 고개를 젓다가 벽에 걸린 웃는 돼지 캐릭터를 손으로 가리켰다. 돼지 족발이요? 뒷다리를 주면 안 되는데 앞다리를 어떻게 말하지, 고민하던 할머니는 허리를 굽혀 네발짐승 모양을 하고 자기 팔을 흔들어 보였다. 아, 앞다리 말씀이구나.

할머니는 의기양양하게 돼지 앞다리를 사 들고 송싸이공으로 돌아왔다. 그 뒤 며칠간 송싸이공 손님들은 허리를 굽히고 한쪽 팔을 흔들며 프엉 흉내를 내는 할머니들 재롱에 웃음보를 터트렸다. 그런 재주로 프엉 할머니는 시장 상인들의 건강이며 집안일까지 꿰고 있었던 모양이다.

프엉 할머니는 손녀에게 베트남 말을 가르친 유일한 할머니이기도 하다. 진희와 연희를 5년간 키웠는데, 작은손녀 연희가 베트남어를 배워서 지후와 실력을 겨룰 정도였다. 할머니가 떠난 후 진희네 가족은 멀리 떨어진 동네로 이사를 가버려서 더 이상 만나지 못했다. 딸네 식구들은 잘 지내고 있다고, 프엉 할머니가 소식을 전해 줬다.

"할머니, 전에 송싸이공에 찾아왔던 할아버지요."

나는 조심스럽게 그 이야기를 꺼냈다. 할머니를 만나면 묻고 싶은 이야기였다. 할머니가 바로 말을 받았다.

"그래, 그 노인네 딸이 와서 울며 사죄했다며?"

지후가 귀를 쫑긋 세우며 머리를 들이밀었다.

"뭔데요, 뭔데요? 우리도 알려 줘요."

프엉 할머니가 씁쓸한 미소와 함께 이야기를 시작했다.

열한 살 때였다. 전날 이웃 마을에 사는 고모 집으로 심부름을 갔다 돌아오는 길이었다. 마을 쪽에서 잿빛 연기가 여러 가닥 피어오르는 것이 보였다. 무슨 일인가 걱정돼서 걸음을 재촉해 마을로 들어가니 눈앞에 처참한 모습이 나타났다. 집들이 불타 무너져 있고, 심부름 가며 마주쳐 인사했던 마을 사람들이 하나씩, 둘씩, 또 여럿이 피를 흘린 채 쓰러져 있었다.

떨리는 심정으로 엄마를 부르며 달려간 집은 불탄 채 고요했다. 복받치는 울음을 삼키며 집 주변을 살피다 나무 그루터기 옆에서 어머니와 언니와 오빠를 봤다. 숲으로 달아나다 총을 맞았는지 고꾸라져 있었다. 등에 서너 방씩 맞은 총알 자국이 보였다. 아버지는 마을 사람들 시신과 뒤엉켜 있었다. 총상을 입었지만 목숨이 붙어 있는 몇 사람은 넋이 나갔다. 시신 더미 속에서 가냘픈 아기 울음소리가 들렸다. 죽은 이들을 헤쳐 찾아낸 아기는 다리가 뭉개져

피가 흐르고 있었다. 남한 군인들이 한 짓이라고 했다. 이유를 아무도 몰랐다.

"남한 군인? 한국? 한국 군인이 베트남에서 왜?"

보라가 놀라서 외쳤다. 나는 그간 알게 된 것을 동생들에게 들려줬다. 베트남과 미국의 전쟁, 한국군의 참전, 그리고 여러 곳에서 일어났다는 민간인 학살에 대해서. 또 송싸이공에 찾아왔던 할아버지와 딸에 대해서.

"도대체 왜?"

"그걸 모른대. 다 은폐해서 지금도 정확한 이유를 모르나 봐."

어휴, 말도 안 돼! 보라가 가슴을 쳤다. 침착하게 이야기를 듣던 지후가 가라앉은 목소리로 물었다.

"그 뒤로 할머니는 어떻게 사셨어요?"

"산 건지 죽은 건지 모르게 살았지. 잠들면 몸서리치게 무서운 꿈에 시달리고, 잠에서 깨면 더 무섭고. 고모 집에 얹혀살았다. 숨 쉬고 밥 먹으니 나도 모르게 살아지더라. 다섯 사촌들 틈에 끼어 사느라 잠깐씩 잊기도 했는데, 가슴속에서 불덩어리가 시도 때도 없이 올라와. 목구멍이 꽉 막혀서 꺽꺽거리면 고모가 등을 쓸어 내렸지. 고모가 나를 살렸다. 시집도 보내 주고. 그러다 히엔이 한국 놈과 결혼하는 바람에 내가 한국까지 갔던 거 아니냐."

보라가 풀 죽은 목소리로 말했다.

"할머니는 한국 사람이 싫겠네요."

"싫기는 무슨! 내가 보라를 얼마나 사랑하는데!"

보라를 끌어안으며 프엉 할머니가 말을 이었다.

"그 일은 내가 죽어도 못 잊지. 한 서린 가슴이 죽는다고 풀어질까. 그렇다고 한국 사람 아무한테나 죄를 씌워 미워할 수는 없지. 또 아무 일 없던 것처럼 넘어갈 수도 없고. 내 마음을 나도 몰라. 그냥 복잡해. 그래도 보라는 사랑하지."

할머니는 보라를 토닥이며 우리에게 보여 줄 것이 있다고 했다.

택시를 타고 10분 남짓 달리니 넓은 들판에 우뚝 선 누각이 멀리 보였다. 처마 끝이 날렵하게 올라가 화려했다. 들판에 내리쬐는 뜨거운 햇볕 속에서도 누렁소 몇 마리가 어슬렁거리며 풀을 뜯고 있었다. 수풀이 바람에 흔들리고, 그 사이로 누각을 둘러싼 담장이 설핏설핏 보였다. 모퉁이를 돌아가니 푸른색 철문 옆에 작은 현판이 붙어 있었다.

di tích lịch sử cấp tỉnh

vụ thảm sát xóm tây Hà My

지방역사유적. 하미마을 학살. 무거운 말들이었다.

"하미마을 학살 피해자 위령비야. 들어가 보자."

하이빈 언니가 말했다.

"언니도 여기를 알아요?"

"응. 내가 한국에 있을 때 만난 고등학교 선생님이 있어. 한국에서 돌아와 집에 콕 박혀 있는데 그분이 갑자기 연락하시더라고. 내가 베트남에 있다니까 마침 잘됐다면서, 학생들하고 같이 이 위령비에 참배하러 올 거라고 안내랑 통역을 해 달래. 그래서 알게 됐어."

위령비에는 당시 사망한 135명의 이름과 출생 연도가 나이 순서대로 적혀 있었다. 한 살에서 다섯 살 사이 아기가 스무 명이 넘었다. 위령비 옆에는 희생자들의 공동 무덤이 있었다.

"아무리 전쟁이라도 그렇지, 이런 아기들까지 죽였다고요?"

분노 어린 목소리로 지후가 말했다.

"너무 잔인하다, 진짜!"

작지만 꼭꼭 누른 목소리로 보라가 중얼거렸다. 할머니가 이름을 하나씩 짚어 가며 말했다. 아버지, 어머니, 언니, 오빠. 보라는 할머니를 뒤에서 꼭 끌어안으며 할머니 어깨에 얼굴을 묻었다.

"할머니 진짜 힘들었겠다…."

나이 많은 노인이고, 여자들이고, 아기들인, 아무 힘도 없는 사람들을 죽였구나. 할머니 가족을 다 죽였구나. 많은 전쟁 이야기를 들었지만, 그저 스쳐 가는 이야기였다. 전쟁은 먼 이야기, 역사에만 있고 현실에서는 결코 일어나지 않을 일. 인명 손실 수십만 명,

그런 기록을 봐도 아무 느낌이 없었다. 그런데 프엉 할머니에게 이야기를 듣고 위령비를 손으로 더듬으니 마음이 아렸다. 하나하나 이름을 소리 내어 읽고 죽임당한 나이를 헤아리다 보니 코가 찡해 왔다.

"노인 딸은 꽝남 어딘지는 모른다고 했다며? 꽝남에도 피해당한 마을이 많으니 여긴지 어딘지 알 수 없지. 내가 그때 제정신이었으면 노인네 붙잡고 물어봤을 것을. 아니다, 차라리 모르는 게 낫지, 여기라고 했으면 어쩔 뻔했어. 내가 길길이 뛰며 그 노인네 다 쥐어뜯었을지도 모르지."

할머니가 말을 멈추고 위령비에 적힌 글자들을 쓰다듬었다.

"또 생각해 보면, 그 노인네도 참 운이 없지 뭐냐. 자기 입으로 직접 말하고 사죄했으면 세상 떠나는 마음이 좀 가벼웠겠지. 그 생각을 하면 짠하기도 하고."

"할머니도 참, 놀라서 다치기까지 해 놓고 뭐가 짠해요?"

"그게 참 이상하지? 세월이 그만큼 흘렀고 나도 이렇게 늙었으니 다 삭은 줄 알았지. 그런데 그 얘기가 튀어나오니까 정신이 다 아득해지더라."

"그러니까요. 그렇게 잔인한 짓을 한 사람이 뭐가 짠해요?"

"잔인하지. 끔찍하지. 그런데 어디 군인들이라고 자기가 하고 싶어서 그리했을까. 나라에서 보내니까 왔을 거고, 위에서 시키니까 했겠지. 저나 나나 세월 잘못 만나 전쟁을 겪은 거지. 사는 내내 죄책감에 속 끓이다 죽기 전에 용기 냈을 거 아니냐. 그 속은 또 오죽했을라고."

"치, 시킨다고 다 해요? 자기가 아니라고 생각하면 안 하면 되는 거지."

"안 할 수 있는데도 한 건지, 어쩔 수 없어서 한 건지 알 수가 없구나. 왜 그랬는지도 모르겠고. 여러 마을에서 진실을 밝혀 달라고 나라에 탄원서 내고 했는데 속 시원하게 밝혀진 것이 없어. 한국은 자기네 군대가 아니라 베트콩이 한 짓이라고 하더래. 그런 짓 한 것도 모자라 남한테 덮어씌우기까지 하니 참…."

전쟁 때 벌어진 일도 그렇지만, 한국인이라면 끔찍했을 할머니가 몇 년씩이나 한국에서 살아야 했던 일이 나는 더 안쓰럽게 느껴졌다.

"처음 한국 갈 때는 가기 싫고 무서웠지. 한국 사람이 다 원수 같았어. 그런데 가서 보니 사람이 다 거기서 거기더라. 그 사람들도 먹고사느라 고생, 새끼 키우느라 고생, 새끼 시집 장가 보낼 걱정, 몸 아픈 걱정이 끊이지를 않아. 겪어 보니 다 불쌍한 인생들이더라고."

할머니가 위령비의 먼지를 손바닥으로 쓸어 내렸다. 나도 따라 먼지를 닦았다.

"이런 이야기를 너희들한테 하게 될 줄은 꿈에도 몰랐지. 이왕 알게 된 거 더 정확하게 알아 두라고 여기 와 보자고 했다. 너무 무겁게 생각하지는 마라. 직접 보고 느끼고 더 배워서 너희들은 다르게 살았으면 좋겠구나.”

우리는 향을 피우고 묵념했다. 눈을 감고, 명복을 빕니다, 하다가 머리를 흔들었다. 아니아니, 그저 명복을 비는 것만으로는 부족하다. 숨 쉬는 것도 미안하게 느껴지는, 이 무겁고 불편한 마음을 어떻게 표현해야 할까! 미안함, 분노, 그리고? 내 마음을 담을 말이 떠오르지 않았다. 답답했다.

“뒤로 돌아가 보자.”

하이빈 언니가 두 팔을 넓게 벌려 우리를 껴안듯 몰고 위령비 뒤로 데려갔다. 할머니도 보일 듯 말 듯 고개를 끄덕이며 우리 뒤를 따라왔다. 위령비 뒷면에 붉은 연꽃 그림이 커다랗게 그려져 있었다.

“이 그림 안에 뭐가 있을 것 같아?”

“이 안에 뭐가 있다고요?”

지후가 가볍게 그림을 두드리며 물었다.

하이빈 언니가 연꽃을 어루만지며 말했다.

“이 그림은 안에 있는 글을 가리려고 붙인 거야. 위령비가 세워진 것이 2000년인데, 그즈음 한국군이 베트남에서 저지른 학살이 한국 사회에 알려지고 국제적으로도 이슈가 됐대. 그래서 부담을 느낀 한국 정부가 피해를 입은 중부 지역에 학교를 여러 개 세워 주려고 적당한 곳을 찾아다녔다고 해. 이 지역에도 답사하러 왔다가 이걸 보게 됐다더라. 비문을 읽고 깜짝 놀랐겠지. 한국군이 주민을 학살했다는 내용이 자세하게 적혀 있으니까. 한국 대사관은 베트남에 문제를 제기했고, 위령비 건립 비용을 기부한 한국 참전 군인 단체도 준공식 전에 비문을 삭제해 달라고 했대. 주민들은 기가 막혔지. 학살당한 이들의 영혼을 위로하는 위령비에 누가 어떻게 학살했는지 쓴 것을 두고 마음에 안 든다고 수정하라거나 삭제하라는 게 말이 되니? 주민들은 원통하고 분했지만 학교를 세워 주고 위령비 건립 비용을 지원하는 쪽 요구를 완전히 거절할 수가 없었대. 그런데 참 지혜롭기도 하지. 글을 고치거나 부수지 않고 이렇게 그림으로 봉인했으니."

"고치라지만 우리는 고칠 수가 없었지. 그게 다 사실이니까. 한 글자라도 고치느니 아예 지우는 게 낫다고 생각해서 이렇게 덮어 버렸단다."

할머니가 그림을 손으로 매만지며 말을 보탰다.

"말도 안 돼! 쪽팔려, 진짜."

보라가 얼굴을 감싸며 울듯이 말했다.

"그런데 봉인하고 20년도 더 지났는데 아직도 봉인 해제를 못 했다고요?"

보라 옆에서 조용히 씩씩대던 지후가 묻자 하이빈 언니가 답했다.

"주민들도 비문을 열기 원하고, 한국 시민 단체들도 노력하고 있대."

"한국에 그런 일을 하는 단체가 있어요?"

"있지. 여기 와서 조사하고, 한국 사회에 알리고, 기금 모아서 위령비 세우는 일도 돕고. 방문단도 꾸린대. 다양한 일을 하고 있더라."

모래사장과
포플러나무의 기억

세상에는 우리가 몰랐던 일이 너무 많다. 열받고 슬프고 서럽고 기막힌 일이 너무 많다. 난데없이 마음이 비장해지고 분노가 치밀었다. 동시에 불빛 화려한 호이안 거리에 넘쳐 나던 한국 사람들이 떠올랐다. 그 많은 사람 중에 이걸 아는 사람이 하나도 없는 걸까? 여기 와 보는 사람이 우리밖에 없는 걸까?

"언니는 이런 일을 어떻게 다 알게 된 거예요?"

보라가 여전히 찌푸린 얼굴로 물었다.

"나도 몰랐다니까. 그 선생님 요청을 받고 하나씩 알아보기 시작한 거야. 안내하고 통역하려면 내가 먼저 알아야 하잖아. 프엉 할머니가 직접 그 일을 겪은 분이라는 걸 알았더라면 할머니께 여쭤봤을 텐데 그걸 전혀 몰랐지. 베트남에 온 뒤로 처음 집에서 나와 여기 왔어. 그런데 문은 잠겨 있고 현관에는 학살 유적지라고만 쓰여 있으니 더 이상 뭘 알 수가 있어야지. 이 앞에서 왔다 갔다 하고 있으니까 저기 밖에서 소 먹이던 아저씨가 알려 주더라, 인민위원회에 가 보라고. 거기 가서 이런 이야기를 들었지. 정말 참담하더라. 한국 사람들이 위령비 건립을 지원하고 참배하러 오겠다는데 베트남 사람인 내가 모르고 있었다는 것도 좀 부끄러웠어."

"나쁜 건 한국인데 왜 언니가 부끄러워요?"

언니는 고개를 저었다.

"어른들이 전쟁 이야기 하면 나는 지겨웠거든. 옛날에 끝난 전쟁인데 왜 자꾸 이야기하나 생각했지. 그런데 아니었어. 아직도 끝나지 않은 거더라. 참 이상한 건, 할머니 주소를 봤을 때 왠지 프엉할머니가 이 일과 관련이 있을지도 모르겠다는 예감이 들었단 거야. 그래서 전화해서 여쭤보니 아니나 다를까, 맞다고 하셔. 통화하면서 할머니가 우시더라. 프엉 할머니 마음이 이렇게 절절한데, 바로 옆에 그렇게 아파하는 사람이 있는데 모르고 있었다니 그게 미안하고 부끄러운 거지. 베트남은 베트남대로, 한국은 한국대로 책임지고 풀어야 할 몫이 있는 것 같아."

하이빈 언니가 곁에서 미소 짓고 있는 할머니 어깨를 감싸 안으며 말했다. 할머니는 한국어를 못 알아듣지만 말 중에 자기 이름이 몇 번 나오니 내용을 짐작하는 듯했다.

"위령비가 이거 하나만 있어요?"

내 질문에 언니가 또 고개를 저었다.

"아니, 많아. 지금까지 베트남 정부가 공식적으로 인정한 사례만 해도 60건이 넘고 희생자는 5000명 정도래. 실제로는 그 두 배도 넘을 거라고 하더라. 위령비, 증오비, 죄악 증거비 같은 이름이 붙은 비석, 제단, 집단 묘지가 곳곳에 있대. 지금도 피해를 인정해 달라고 신청하는 사람들이 있다니까 앞으로 더 늘어날 수도 있겠지?"

이야기를 들을수록 베트남은 답답하고 한국은 미웠다. 베트남이 속 시원히 한국에 따지고 책임을 요구하면 좋겠다. 한국은 구차한 변명이나 비문을 고치라는 헛소리 같은 거 하지 말고 깔끔하게 잘못을 인정하고 용서를 빌었으면 좋겠다. 그게 그렇게 어려운 일일까?

하이빈 언니는 학살 피해자가 한국 정부에 소송을 제기했다고 알려 줬다. 한국 정부가 잘못을 공식적으로 확인하고 배상해 달라는 소송이라고 했다. "나는 진실을 원합니다"라고 했다는 피해자의 말에 소름이 돋았다고, 하이빈 언니가 말했다. 나는 아까 떠올렸던 미안함, 분노에 '진실'이라는 단어를 더해 봤다.

"이 속에 도대체 어떤 글이 있는 거예요?"

"궁금하지? 나도 궁금해서 물어봤더니 연꽃 그림을 붙이기 전에 찍어 놓은 사진이 있더라고. 보내 줄게. 한국어로 번역된 자료도 찾아 놨으니까 보라랑 지후한테도 보여 줘."

언니는 휴대폰으로 내게 자료를 전송하며 말을 덧붙였다.

"뭔가 원한 가득한 내용일 거라고 생각했는데 그렇지 않더라. 비문을 쓴 사람이 시인이래. 응우옌흐우동 시인."

추모의 글

역사책은 기록하기를,

예로부터 디엔즈엉은 강과 바다가 만나는 곳으로 신성한 기운을 머금은 락롱꿘과 어우꺼의 자손들이 호안선산맥을 넘어 남쪽으로 땅을 넓혀 500년 전 이곳에 나라를 세웠다.

백성들은 하미, 하꽝, 하방, 하록, 지아록 등에 마을을 세웠으며 본디 어질고 선한 그들은 평화롭게 아이를 낳아 키우며 쟁기질과 괭이질로 땅을 일구고 채소를 가꾸고 물고기를 잡으며 살아갔다. 하늘이 고요하고 바다가 잔잔하며 땅이 평온할 때까지는.

누가 알았으랴.

검은 구름이 몰려오고 천둥 번개가 치더니 적들이 사납게 들이닥쳐 땅에 풍파를 일으켰다. 주민들을 한곳에 모아 전략촌을 세우고 강제로 마을과 고향을 버리게 했으니, 칼로 자르듯 창자가 끊어지는 아픔에 주민들은 땅을 잃고 강을 잃고 바다를 잃었으며 농사를 짓고 강과 바다에서 고기를 잡는 삶을 잃었다.

잔악함이여, 고통으로 가득 찬 세상이여. 머리가 땅에 떨어져 구르고 피가 흘러넘치고 끔찍한 전쟁으로 물야자나무 숲은 마른 머리카락이 빠지듯 산산이 흩어지고 강도 고통으로 몸부림치며 몸을 구부리고 밤새 흘린 눈물이 고여 못을 이뤘다.

단두대에 잘린 머리가 굴러다니는 광경이 다시 펼쳐지고 사원은 순식간에 잿더미가 됐으며 하지아 숲은 마른 뼈만 하얗게 남았고 캐롱 선착장에는 주검이 더미를 이뤘다.

1968년 이른 봄, 정월 24일에 청룡부대 병사들이 미친 듯이 몰려와 선량한 주민들을 모아 놓고 잔인하게 학살을 저질렀다. 하미마을 30가구, 135명의 시체가 산산조각이 나 흩어지고 마을은 붉은 피로 물들었다. 모래와 뼈가 뒤섞이고 불타는 집 기둥에 시신이 엉겨 붙고 개미들이 불에 탄 살점에 몰려들고 피비린내가 진동하니 불태풍이 휘몰아친 것보다도 더 참혹했다.

참으로 가슴 아프게도 집 문턱에는 늙은 어머니와 병든 아버지들이 떼로 쓰러져 있었다.

전쟁을 피할 수 없었던 어린아이들이 끙끙대며 신음하니 또 얼마나 공포스럽던가. 허둥지둥 시체를 쌓아 올리는데 악의 탄환이 관통하지 않은 시신이 없었다. 시체에는 여전히 마른 피가 고여 있고 아기들은 어머니의 배에 기어올라 차갑게 시든 젖을 찾았다.

입과 턱이 날아간 아이는 목이 타는 듯 말라도 물을 마실 수가 없었다.

이 일이 있은 후에 또 하나의 참극이 더해졌으니 탱크의 강철 바퀴가 무덤들을 짓뭉갠 것이다.

황혼이 서린 땅에는 풀이 시들고 뼈들은 말라 가고 원혼이라도 나타난 듯 구름은 푸른 하늘에 울부짖었다.

이제 와 생각하니,

하늘은 어두울 때도 있으나 밝을 때도 있어 25년간 평화를 일궈 고향에 평온이 찾아왔다. 디엔즈엉 땅에 감자와 푸른 벼가 돌아와 풍년을 이루고 강과 바다에는 물고기와 새우가 넘치며 당의 지도 아래 주민들은 황량한 벌판을 개척했다. 그 옛날의 전장은 이제 고통이 수그러들고 과거 우리에게 원한을 불러일으키고 슬픔을 안긴 한국 사람들이 찾아와 사과를 했다. 그리하여 용서를 바탕으로 비석을 세우니 인의로써 고향의 발전과 협력의 길을 열어 갈 것이다.

모래사장과 포플러나무들이 하미 학살을 가슴 깊이 새겨 기억할 것이다.

한 줄기 향이 피어올라 한 맺힌 하늘에 퍼지니 저세상에서는 안식을 누리소서.
천년의 구름이여, 마을의 평안과 번영을 기원합니다.

2000년 8월 경진년 가을
디엔즈엉의 당과 정부 그리고 인민들이 바칩니다.[*]

어느새 해가 넘어가고 어둠이 내리고 있었다.

* 한베평화재단 홈페이지에 게시된 꽝남성 하미 학살 위령비문

나의 할머니들

보라 말이 맞았다. 금방 구운 바삭한 빵에 할머니가 만든 빠떼와 싱싱한 고수를 넣은 프엉표 반미는 정말 기가 막히게 맛있었다.

"드디어 찾았다! 세상에서 제일 맛있는 반미! 내 버킷 리스트 달성!"

"우와! 우와!"

"어서 먹기나 해라. 수선 그만 떨고."

한 입 베어 먹을 때마다 경쟁하듯 감탄사를 뿜어내던 우리는 결국 할머니에게 한 소리 듣고 말았다.

보라가 생글거리며 말했다.

"이 동네에도 한국 사람들이 와요?"

"여기까지 오는 사람은 거의 없지. 어쩌다 하나씩 보이기는 하더라만."

"혹시 모르니까 한국어로 메뉴판 만들어 드릴까요?"

할머니는 그게 필요하려나, 하면서도 고개를 끄덕였다. 할머니가 한국 사람 오는 거 반갑겠냐? 딴지 걸던 지후도 진득하게 붙어 메뉴판 만드는 것을 거들었다. 우리는 베트남어와 한국어로 적은 작은 메뉴판을 벽에 붙였다. 메뉴판 꼭대기에서 '세상에서 가장 맛있는 우리 할머니 반미!'라는 한글이 반짝거렸다. 보라가 늘 들고 다니는 반짝이 펜이 드디어 제구실을 했다. 할머니는 흐뭇한 얼굴로 장사를 시작했다. 우리는 더 닦을 것도 없는 탁자를 또 닦고 가게 앞을 빗자루로 쓸었다. 저녁에 멋지다는 바나힐은 오후 일정으로 잡았다.

여행에서 돌아온 뒤 한동안 마음이 붕 떠 있었다. 베트남에서 만난 사람들, 보고 들은 가볍지 않은 이야기들이 머릿속에서 제멋대로 떠다녔다. 그러나 그것도 그때뿐, 나는 곧 일상에 파묻혔다. 가정 경제 회복을 염원하는 엄마 아빠가 다시 야근을 늘렸고, 우리 삼 남매는 학교와 학원에 다니랴, 각자 맡은 집안일 하랴 하루가 어떻게 가는지 몰랐다. 게다가 자기까지 합쳐서 사 남매라고 주장하는 지후에, 아직도 가출하지 못한 지후 친구 해수에, 은규가 짝사랑하게 된 미래까지 여러 아이들이 우리 집을 드나들며 밥을 축냈다. 밥을 주지 말아야 한다고 주장하는 보라를 엄마가 달랬다.

"먹여라, 먹여. 너희도 할머니들 덕분에 이만큼 컸잖니. 우리가 얻어먹은 거 갚으려면 아직 멀었다."

속 좋은 아빠는 많은 자식들 잘 먹이려면 더 벌어야겠다며 허허거렸다. 이래저래 우리 집은 아이들 천국이 돼 갔다.

송싸이공도 여전했다. 타오 할머니와 란 할머니가 쌍 기둥을 이루고 새로운 멤버들을 영입했다. 할머니들은 여전히 함께 모여 양파를 까고, 흉허물 없이 수다 떨고, 시도 때도 없이 작은 잔치를 벌이고, 아이들을 돌봤다. 지난 주말부터 짜조를 만들어 파는 신입 할머니는 알고 보니 울보 짱 이모의 엄마였다.

목요일 저녁, 여느 때처럼 아이들과 모여 노는데 엄마 아빠가 모처럼 잔업을 하지 않고 일찍 들어왔다. 아빠 손에 들려 온 삼겹살에 다 같이 발을 구르며 환호했다. 육즙이 살아 있어, 환상적인 맛이야, 은규의 전문가급 음식 평에 웃음이 터져 나왔다. 고기를 노리는 젓가락이 많으니 재빨라야 하나라도 더 먹는다.

"누나, 저거 봐."

상추에 고기와 쌈장을 올리느라 바쁜 내 팔꿈치를 치며 지후가 말했다. TV에서 뉴스가 흘러나오고 있었다.

베트남 전쟁 당시 한국군의 민간인 학살에 대한 법원의 판결에 우리 정부가 불복해 항소했습니다. 응우옌 티탄 씨가 1968년 한국군 청룡부대 군인들이 베트남 꽝남성 퐁니마을에서 민간인 70여

명을 학살해 가족을 잃고 자신도 총상을 입었다며 대한민국을 상대로 낸 손해배상 청구 소송에서, 법원은 우리 정부가 게릴라전 특성상 정당행위였다고 주장한 것을 받아들이지 않고 배상 책임을 인정해 '대한민국이 3000만 100원을 지급하라'고 판결한 바 있습니다….

하이빈 언니가 말했던 그 소송이었다. 한국은 진실을 거부했구나. 사과도 손해배상도 아무것도 안 하겠다는 거구나.

미안함, 분노, 진실, 그리고 사과와 손해배상.
상추쌈을 손에 들고 나는, 나의 할머니들과 베트남을 다시 생각했다.

사람과 사람,
문화와 문화,
역사와 역사가 서로 맞물려 요동치는 경계가 있습니다.
그 경계에는 또 사람들이 서 있지요.

수많은 경계 중 하나인 송싸이공에
수아와 보라와 은규와 지후와 하이빈과 미래와
또 우리가 지금 막 알게 된 많은 이들이 서 있군요.
아마 당신도 그 어디쯤.

자신이 선 자리를 사랑하고
곁에 선 이들을 아끼고 지키는 우리를 꿈꿉니다.

삶의 모든 지점마다 골골이 박혀

씩씩한 손길로 아이들을 보듬고 세상을 쓰다듬는 할머니들을

응원합니다.

이란주